Giordano Bruno

Cena de le ceneri

LA CENA DE LE CENERI

DESCRITTA IN

CINQUE DIALOGI, PER QUATTRO INTERLOCUTORI,

CON

TRE CONSIDERAZIONI CIRCA DOI SUGGETTI

All'unico refugio de le Muse

l'illustrissimo

MICHEL DI CASTELNOVO

Signor di Mauvissier, Concressalto e di Ionvilla,

Cavalier de l'ordine del Re Cristianissimo e Conseglier

nel suo privato Conseglio, Capitano di 50 uomini d'arme,

Governator e Capitano di S. Desiderio ed Ambasciator

alla Serenissima Regina d'Inghilterra.

L'universale intenzione è dechiarata nel proemio.

AL MAL CONTENTO

Se dal cinico dente sei trafitto,

lamentati di te, barbaro perro;

ch'invan mi mostri il tuo baston e ferro,

se non ti guardi da farmi despitto.

Perché col torto mi venesti a dritto,

però tua pelle straccio, e ti disserro:

e s'indi accade ch'il mio corpo atterro,

tuo vituperio è nel diamante scritto.

Non andar nudo a tôrre a l'api il mele;

non morder, se non sai s'è pietra o pane;

non gir discalzo a seminar le spine.

Non spreggiar, mosca, d'aragne le tele;

se sorce sei, non seguitar le rane;

fuggi le volpi, o sangue di galline.

E credi a l'Evangelo,

che dice di buon zelo:

dal nostro campo miete penitenza

chi vi gettò d'errori la semenza.

PROEMIALE EPISTOLA

SCRITTA ALL'ILLUSTRISSIMO ED ECCELLENTISSIMO

SIGNOR DI MAUVISSIERO

CAVALIER DE L'ORDINE DEL RE E CONSEGLIER DEL SUO

PRIVATO CONSEGLIO, CAPITANO DI CINQUANT'UOMINI

D'ARMA, GOVERNATOR GENERALE DI S. DESIDERIO ED

AMBASCIATOR DI FRANCIA IN INGHILTERRA

Or eccovi, Signor, presente, non un convito nettareo de l'Altitoante, per una maestà; non un protoplastico, per una umana desolazione; non quel d'Assuero, per un misterio; non di Lucullo, per una ricchezza; non di Licaone, per un sacrilegio; non di Tieste, per una tragedia; non di Tantalo, per un supplicio; non di Platone, per una filosofia; non di Diogene, per una miseria; non de le sanguisughe, per una bagattella; non d'un arciprete di Pogliano, per una bernesca; non d'un Bonifacio candelaio, per una comedia; ma un convito sì grande, sì picciolo; sì maestrale, sì disciplinale; sì sacrilego, sì religioso; sì allegro, sì colerico; sì aspro, sì giocondo; sì magro fiorentino, sì grasso bolognese; sì cinico, sì sardanapalesco; sì bagattelliero, sì serioso; sì grave, sì mattacinesco; sì tragico, sì comico; che, certo, credo che non vi sarà poco occasione da dovenir eroico, dismesso; maestro, discepolo; credente, mescredente; gaio, triste; saturnino, gioviale leggiero, ponderoso; canino, liberale; simico, consulare; sofista con Aristotele, filosofo con Pitagora; ridente con Democrito, piangente con Eraclito. Voglio dire: dopo ch'arrete odorato con i peripatetici, mangiato con i pitagorici, bevuto con stoici, potrete aver ancora da succhiare con quello che, mostrando i denti, avea un riso sì gentile, che con la bocca toccava l'una e l'altra orecchia. Perché, rompendo l'ossa e cavandone le midolla, trovarete cosa da far dissoluto san Colombino, patriarca de gli Gesuati, far impetrar qualsivoglia mercato, smascellar le simie e romper silenzio e qualsivoglia cemiterio.

Mi dimandarete: che simposio, che convito è questo? È una cena. Che cena? De le ceneri. Che vuol dir cena de le ceneri? Fuvi posto forse questo pasto innante? Potrassi forse dir qua: *cinerem tamquam panem manducabam*? Non, ma è un convito fatto dopo il tramontar del sole, nel primo giorno de la quarantana, detto da' nostri preti *dies cinerum*, e talvolta giorno del *memento*. In che versa questo convito, questa cena? Non già in considerar l'animo ed effetti del molto nobile e ben creato sig. Folco Grivello, alla cui onorata stanza si convenne; non circa gli onorati costumi di que' signori civilissimi, che, per esser spettatori ed auditori, vi furono presenti; ma circa un voler veder quantunque può natura in far due fantastiche befane, doi sogni, due ombre e due febbri quartane; del che, mentre si va crivellando il senso istoriale, e poi si gusta e mastica, si tirano a proposito topografie, altre geografice, altre raziocinali, altre morali; speculazioni ancora, altre metafisiche, altre matematiche, altre naturali.

ARGOMENTO DEL PRIMO DIALOGO

Onde vedrete nel primo dialogo proposti in campo doi suggetti con la raggion di nomi loro, se la vorrete capire; *secondo,* in grazia loro, celebrata la scala dei numero binario; *terzo,* apportate le condizioni lodabili della ritrovata e riparata filosofia; *quarto,* mostrato di quante lodi sia capace il Copernico; *quinto,* positivi avanti gli frutti de la nolana filosofia, con la differenza tra questo e gli altro modi di filosofare.

ARGOMENTO DEL SECONDO DIALOGO

Vedrete nel secondo dialogo: *prima* la causa originale de la cena; *secondo,* una descrizion di passi e di passaggi, che più poetica e tropologica, forse, che istoriale sarà da tutti giudicata; terzo, come confusamente si precipita in una topografia morale, dove par che, con gli occhi di Linceo quinci e quindi guardando (non troppo fermandosi) cosa per cosa, mentre fa il suo camino, oltre che contempla le gran machine, mi par che non sia minuzzaria, né petruccia, né sassetto, che non vi vada ad intoppare. Ed in ciò fa giusto com'un pittore; al qual non basta far il semplice ritratto de l'istoria; ma anco, per empir il quadro, e conformarsi con l'arte a la natura, vi depinge de le pietre, di monti, de gli arbori, di fonti, di fiumi, di colline; e vi fa veder qua un regio palaggio, ivi una selva, là un straccio di cielo, in quel canto un mezo sol che nasce, e da passo in passo un ucello, un porco, un cervio, un asino, un cavallo; mentre basta di questo far veder una testa, di quello un corno, de l'altro un quarto di dietro, di costui l'orecchie, di colui l'intiera descrizione; questo con un gesto ed una mina, che non tiene quello e quell'altro, di sorte che con maggior satisfazione di chi remira e giudica viene ad istoriar, come dicono, la figura. Cossì, al proposito, leggete e vedrete quel che voglio dire. *Ultimo,* si conclude quel benedetto dialogo con l'esser gionto a la stanza, essere graziosamente accolto e cerimoniosamente assiso a tavola.

ARGOMENTO DEL TERZO DIALOGO

Vedrete il terzo dialogo, secondo il numero de le proposte del dottor Nundinio, diviso in cinque parti. De quali la *prima* versa circa la necessitá de l'una e de l'altra lingua. La *seconda* esplica l'intenzione dei Copernico, dona risoluzione d'un dubio importantissimo circa le fenomie celesti, mostra la vanità del studio di perspettivi ed optici circa la determinazione della quantità di corpi luminosi, e porge circa questo nuova, risoluta e certissima dottrina. La *terza* mostra il modo della consistenza di corpi mondani; e dechiara essere infinita la mole de l'universo, e che invano si cerca il centro o la circonferenza del mondo universale, come fusse un de' corpi particulari. La *quarta* afferma esser conformi in materia questo mondo nostro, ch'è detto globo della terra, con gli mondi, che son gli corpi degli altri astri; e che è cosa da fanciulli aver creduto, e credere, altrimente; e che quei son tanti animali intellettuali; e che non meno in quelli vegetano ed intendono molti ed innumerabili individui semplici e composti, che veggiamo vivere e vegetar nel dorso di questo. La *quinta,* per occasion d'un argomento ch'apportò Nundinio al fine, mostra la vanità di due grandi persuasioni, con le quali, e simili, Aristotele ed altri son stati acciecati sì, che non veddero esser vero e necessario il moto de la terra; e son stati sì impediti, che non han possuto credere quello esser possibile; il che facendosi, vengono discoperti molti secreti de la natura sin al presente occolti.

ARGOMENTO DEL QUARTO DIALOGO

Avete al principio del quarto dialogo mezzo per rispondere a tutte raggioni ed inconvenienti teologali, e per mostrar questa filosofia esser conforme alla vera teologia e degna d'esser faurita da le vere religioni. Nel resto vi se pone avanti uno, che non sapea né disputar, né dimandar a proposito il quale per essere più impudente ed arrogante pareva a gli più ignoranti più dotto ch'il dottor Nundinio; ma vedrete che non bastarebbono tutte le presse del mondo per cavar una stilla di succhio dal suo dire per prender materia da far dimandar Smitho, e rispondere il Teofilo; ma è a fatto soggetto de le spampanate di Prudenzio e di rovesci di Frulla. E certo mi rincresse che quella parte ve si trove.

ARGOMENTO DEL QUINTO DIALOGO

S'aggionge il quinto dialogo, vi giuro, non per altro rispetto, eccetto che per non conchìudere sì sterilmente la nostra cena. Ivi *primamente* s'apporta la convenientissima disposizione di corpi nell'eterea reggione, mostrando che quello, che si dice ottava sfera, Cielo de le fisse, non è si fattamente un cielo, che que' corpi, ch'appaiono lucidi, siano equidistanti dal mezzo; ma che tali appaiono vicìni, che son distanti di longhezza e latitudine l'un da l'altro più che non possa essere l'uno e l'altro dal sole e da la terra. *Secondo,* che non sono sette erranti corpi solamente, per tal caggione che sette n'abbiamo compresi per tali; ma che, per la medesima raggione, sono altri innumerabili, quali da gli antichi e veri filosofi non senza causa son stati nomati *aethera,* che vuol dire *corridori,* perché essi son que' corpi, che veramente si muovono, e non l'imaginate sfere. *Terzo,* che cotal modo procede da principio interno necessariamente, come da propria natura ed anima; con la qual verità si destruggono molti sogni, tanto circa il moto attivo della luna sopra l'acqui ed altre sorte d'umori, quanto circa l'altre cose naturali, che par che conoscano il principio de lor moto da efficiente esteriore. *Quarto,* determina contra que' dubii, che procedeno con la stoltissima raggione della gravità e levità di corpi; e dimostra ogni moto naturale accostarsi al circolare, o circa il proprio centro, o circa qualch'altro mezzo. *Quinto,* fa vedere quanto sia necessario, che questa terra ed altri simili corpi si muovano non con una, ma con più differenze di moti; e che quelli non denno esser più, né meno di quattro semplici, benché concorrano in un composto; e dice quali siano questi moti ne la terra. Ultimo, promette di aggiongere per altri dialogi quel che par che manca al compimento di questa filosofia; e conchiude con una adiurazione di Prudenzio.

Restarete maravigliato, come con tanta brevità e sufficienza s'espediscano sì gran cose. Or qua, se vedrete talvolta certi men gravi propositi, che par che debbano temere di farsi innante alla superciliosa censura di Catone, non dubitate; perché questi Catoni saranno molto ciechi e pazzi, se non sapran scuoprir quel ch'è ascosto sotto questi Sileni. Se vi occoreno tanti e diversi propositi attaccati insieme, che non par che qua sia una scienza, ma dove sa di dialogo, dove di comedia, dove di tragedia, dove di poesia, dove d'oratoria; dove lauda, dove vitupera, dove dimostra ed insegna; dove ha or dei fisico, or del matematico, or del morale, or del logico; in conclusione, non è sorte di scienza, che non v'abbia di stracci. Considerate, Signore, che il dialogo è istoriale, dove, mentre si riferiscono l'occasioni, i moti, i passaggi, i rancontri, i gesti, gli affetti, i discorsi, le proposte, le risposte, i propositi ed i spropositi, remettendo tutto sotto il rigore del giudizio di que' quattro, non è cosa, che non vi possa venir a proposito con qualche raggione. Considerate ancora, che non v'è parola ociosa; perché in tutte parti è da mietere e da disotterrar cose di non mediocre importanza, e forse più là dove meno appare. Quanto a quello che nella superficie si presenta, quelli che n'han donato occasione di far il dialogo, e forse una satira e comedia, han modo di dovenir più circonspetti, quando misurano gli uomini con quella verga, con la quale si misura il velluto, e con la lance di metalli bilanciano gli animi. Quelli, che sarrano spettatori o lettori, e che vedranno il modo, con cui altri son tocchi, hanno per farsi accorti ed imparar a l'altrui spese. Que', che son feriti o punti, apriranno forse gli occhi; e vedendo la sua povertà, nudità, indignità, se non per amore, per vergogna almen si potran correggere o cuoprire, se non vogliono confessare. Se vi par il nostro Teofilo e Frulla troppo grave e rigidamente toccare il dorso d'alcuni suppositi, considerate, Signor, che questi animali non han sì tenero il cuoio; che se le scosse fussero a cento doppia maggiori, non le stimarebono punto o sentirebbono più che se fussero palpate' d'una fanciulla. Né vorrei che mi stimate degno di riprensione per quel che sopra sì fatte inepzie e tanto indegno campo, che n'han porgiuto questi dottori, abbiamo voltito exaggerar sì gravi e sì degni propositi; perché son certo, che sappiate esser differenza da togliere una cosa per fondamento, e prenderla per occasione. I fondamenti invero denno esser proporzionati alla grandezza, condizione e nobiltà de l'edificio; ma le occasioni possono essere di tutte sorte, per tutti effetti; perché cose minime e sordide son semi di cose grande ed eccellenti, sciocchezze e pazzie sogliono provocar gran consegli, giudizii ed invenzioni. Lascio ch'è manifesto, che gli errori e delitti han molte volte porgiuta occasione a grandissime regole di giustizia e di bontade.

Se nel ritrare vi par che i colori non rispondano perfettamente al vivo, e gli delineamenti non vi parranno al tutto proprii, sappiate ch'il difetto è provenuto da questo, che il pittore non ha possuto essaminar il ritratto con que' spacii e distanze, che soglion prendere i maestri de l'arte; perché, oltre che la tavola, o il campo era troppo vicino al volto e gli occhi, non si possea retirar un minimo passo a dietro, o discostar da l'uno e l'altro canto, senza timor di far quel salto, che feo il figlio del famoso defensor di Troia. Pur, tal qual è, prendete questo ritratto, ove son que' doi, que' cento, que' mille, que' tutti; atteso che non vi si manda per informarvi di quel che sapete, né per gionger acqua al rapido fiume del vostro giudizio ed ingegno; ma perché so, che secondo l'ordinario, benché conosciamo le cose più perfettamente al vivo, non sogliamo però dispreggiar il ritratto e la rapresentazion di quelle. Oltre che son certo, ch'il generoso animo vostro drizzarà l'occhio della considerazion più alla gratitudine dell'affetto con cui si dona, che al presente della mano che vi porge. Questo s'è drizzato a voi, che siete più vicino e vi mostrate più propizio e più favorevole al nostro Nolano, e però vi siete reso più degno supposito di nostri ossequi in questo clima, dove i mercanti senza conscienza e fede son facilmente Cresi, e gli virtuosi senz'oro non son difficilmente Diogeni. A voi, che con tanta munificenza e liberalità avete accolto il Nolano al vostro tetto e luogo più eminente di vostra casa; dove, se questo terreno, in vece che manda fuori mille torvi gigantoni, producesse altri tanti Alessandri Magni, vedreste più di cinquecento venir a corteggiar questo Diogene, il quale per grazia de le stelle non ave altro, che voi che gli venga a levar il sole, se pur (per non farlo più povero di quel cinico mascalzone) manda qualche diretto o reflesso raggio dentro quella buca, che sapete. A voi si consacra, che in questa Britannia rapresentate l'altezza di sì magnanimo, sì grande e sì potente Re, che dal generosissimo petto de l'Europa, con la voce de la sua fama fa rintronar gli estremi cardini de la terra; quello che, quando irato freme, come leon da l'alta spelonca, dona spaventi ed orror mortali a gli altri predatori potenti di queste scive, e quando si riposa e si quieta, manda tal vampo di liberale e di cortese amore, ch'infiamma il tropico vicino, scalda l'Orsa gelata, e dissolve il rigor de l'artico deserto, che sotto l'eterna custodia del fiero Boote si raggira. *Vale*.

DIALOGO PRIMO

INTERLOCUTORI

SMITHO, TEOFILO *filosofo* PRUDENZIO *pedante*, FRULLA

SMI. Parlavan ben latino?

TEO. Sì.

SMI Galantuomini?

TEO. Sì.

SMI. Di buona riputazione?

TEO. Sì.

SMI Dotti?

TEO. Assai competentemente.

SMI. Ben creati, cortesi, civili?

TEO. Troppo mediocremente.

SMI. Dottori?

TEO. Messer sì, padre sì, madonna sì, madesì, credo da Oxonia.

SMI.Qualificati?

TEO. Come non? uomini da scelta, di robba lunga, vestiti di velluto; un de' quali avea due catene d'oro lucente al collo, e l'altro, per Dio, con quella preziosa mano, che contenea dodeci anella ìn due dita, sembrava uno ricchissimo gioielliero, che ti cavava gli occhi ed il core, quando la vagheggiava.

SMI. Mostravano saper di greco?

TEO. E di birra eziandio.

PRU. Togli via quell'*eziandio*, poscia che è una obsoleta ed antiquata dictione.

FRUL. Tacete, maestro, ché non parla con voi.

SMI. Come eran fatti?

TEO. L'uno parea il connestabile della gigantessa e l'orco, l'altro l'amostante della dea de la riputazione.

SMI. Sì che eran doi?

TEO. Sì per esser questo un numero misterioso.

PRU. *Ut essent duo testes.*

FRU. Che intendete per quel *testes?*

PRU. Testimoni, essaminatori della nolana sufficienza. *At, me hercle,* perché avete detto, Teofilo, che il numero binario è misterioso?

TEO. Perché due sono le prime coordinazioni, come dice Pitagora, finito ed infinito, curvo e retto, destro e sinistro, e va discorrendo. Due sono le spezie di numeri, pare ed impare, de' quali l'una è maschio, l'altra è femina. Doi sono gli Cupidi, superiore e divino, inferiore e volgare. Doi sono gli atti della vita, cognizione ed affetto. Doi sono gli oggetti di quelli, il vero ed il bene. Due sono le specie di moti: retto, con il quale i corpi tendeno alla conservazione, e circulare, col quale si conservano. Doi son gli principii essenziali de le cose, la materia e la forma. Due le specifiche differenze della sustanza, raro e denso, semplice e misto. Doi primi contrarii ed attivi principii, il caldo e il freddo. Doi primi parenti de le cose naturali, il sole e la terra.

FRU. Conforme al proposito di que' prefati doi, farò un'altra scala del binario. Le bestie entrorno ne l'arca a due a due; ne uscirono ancora a due a due. Doi sono i corifei di segni celesti: *Aries* e *Taurus.* Due sono le specie di *nolite fieri:* cavallo e mulo. Doi son gli animali ad imagine e similitudine de l'uomo: la scimia in terra, e 'l barbagianni in cielo. Due sono le false ed onorate reliquie di Firenze in questa patria: i denti di Sassetto e la barba di Pietruccio. Doi sono gli animali, che disse il profeta aver più intelletto, ch'il popolo d'Israele: il bove perché conosce il suo possessore, e l'asino perché sa trovar il presepio del padrone. Doi furono le misteriose cavalcature del nostro redentore, che significano il suo antico credente ebreo ed il novello gentile: l'asina e il pullo. Doi sono da questi li nomi derivativi, ch'han formate le dizioni titulari al secretario d'Augusto: Asinio e Pullione. Doi sono i geni degli asini: domestico e salvatico. Doi i lor più ordinarii colori: biggio e morello. Due sono le piramidi, nelle quali denno esser scritti e dedicati all'eternità i nomi di questi doi ed altri simili dottori: la destra orecchia del caval di Sileno, e la sinistra de l'antagonista del dio degli orti.

PRU. *Optimae indolis ingenium, enumeratio minime contemnenda!*

FRU. Io mi glorio, messe Prudenzio mio, perché voi approvate il mio discorso, che sete più prudente che l'istessa prudenzia, perciò che sete la *prudentia masculini generis.*

PRU. *Neque id sine lepore et gratia.* Orsù, *isthaec mittamus encomia. Sedeamus, quia, ut ait Peripateticorum princeps, sedendo et quiescendo sapimus*; e cossì, insino al tramontar del sole, protelaremo il nostro tetralogo circa il successo del colloquio del Nolano col dottor Torquato e il dottor Nundinio.

FRU. Vorrei sapere quel che volete intendere per quel tetralogo.

PRU. Tetralogo, dissi io: *id est, quatorum sermo*; come dialogo vuol dire *duorum sermo*, trilogo *trium sermo*; e cossì oltre, de pentalogo, eptalogo, ed altri, che abusivamente si chiamano dialogi, come dicono alcuni quasi *diversorum* logi: ma non è verisimile che li greci inventori di questo nome abbino quella prima sillaba «di» *pro capite illius latinae dictionis «diversum»*. `

SMI. Di grazia, signor maestro, lasciamo questi rigori di gramatica, e venemo al nostro proposito.

PRU. *O saeclum!* voi mi parete far poco conto delle buone lettere. Come potremo far un buon tetralogo, se non sappiamo che significhi questa dizione *tetralogo*, e, *quod peius est*, pensaremo che sia un dialogo? *Nonne a difinìtione et a nominis explicatione exordiendum*, come il nostro Arpinate ne insegna?

TEO. Voi, messer Prudenzio, sete troppo prudente. Lasciamo, vi priego, questi discorsi grammaticali; e fate conto, che questo nostro raggionamento sia un dialogo, atteso che benché siamo quattro in persona, saremo dui in officio di proponere e rispondere, di raggionare e ascoltare. Or, per dar principio e reportar il negocio da capo, venite ad inspirarmi, o Muse. Non dico a voi, che parlate per gonfio e superbo verso in Elicona: perché dubito che forse non vi lamentiate di me al fine, quando, dopo aver fatto sì lungo e fastidioso peregrinaggio, varcati sì perigliosi mari, gustati sì fieri costumi, vi bisognasse discalze e nude tosto repatriare, perché qua non son pesci per Lombardi. Lascio, che non solo siete straniere, ma siete ancor di quella razza, per cui disse un poeta:

Non fu mai greco di malizia netto.

Oltre che non posso inamorarmi di cosa, ch'io non vegga. Altre, altre sono che m'hanno incatenata l'alma. A voi altre, dunque, dico, graziose, gentili, pastose, morbide, gioveni, belle, delicate, biondi capelli, bianche guance, vermiglie gote, labra succhiose, occhi divini, petti di smalto e cuori di diamante; per le quali tanti pensieri fabrico ne la mente, tanti affetti accolgo nel spirto, tante passioni concepo nella vita, tante lacrime verso da gli occhi, tanti suspiri sgombro dal petto e dal cor sfavillo tante fiamme; a voi, Muse d'Inghilterra, dico: inspiratemi, suffiatemi, scaldatemi, accendetemi, lambiccatemi e risolvetemi in liquore, datemi in succhio, e fatemi comparir non con un picciolo, delicato, stretto, corto e succinto epigramma, ma con una copiosa e larga vena di prosa lunga, corrente, grande e soda: onde, non come da un arto' calamo, ma come da un largo canale, mande i rivi miei. E tu, Mnemosine' mia, ascosa sotto trenta sigilli, e rinchiusa nel tetro carcere dell'ombre de le idee, intonami un poco ne l'orecchio.

Ai dì passati vennero doi al Nolano da parte d'un regio scudiero, facendogl'intendere qualmente colui bramava sua conversazione, per intender il suo Copernico ed altri paradossi di sua nova filosofia. Al che rispose il Nolano, che lui non vedea per gli occhi di Copernico, né di Ptolomeo, ma per i proprii, quanto al giudizio e la determinazione; benché quanto alle osservazioni, stima dover molto a questi ed altri solleciti matematici, che successivamente, a tempi e tempi, giongendo lume a lume, ne han donati principii sufficenti, per i quali siamo ridutti a tal giudicio, quale non possea se non dopo molte non ociose etadi esser parturito. Giongendo, che costoro in effetto son come quelli interpreti, che traducono da uno idioma a l'altro le paroli: ma sono gli altri poi, che profondano ne' sentimenti, e non essi medesimi. E son simili a que' rustici, che rapportano gli affetti e la forma d'un conflitto a un capitano absente: ed essi non intendono il negocio, le raggioni e l'arte, co' la quale questi son stati vittoriosi; ma colui, che ha esperienza e meglior giudicio ne l'arte militare. Cossì a la tebana Manto, che vedeva, ma non intendeva, Tiresia, cieco, ma divino interprete, diceva:

Similmente che potreimo giudicar noi, si le molte e diverse verificazioni de l'apparenze de' corpi superiori o circostanti non ne fussero state dechiarate e poste avanti gli occhi de la raggione?

Certo, nulla. Tuttavia, dopo aver rese le grazie a gli dèi, distributori de' doni, che procedono dal primo ed infinito onnipotente lume, ed aver magnificato il studio di questi generosi spirti, conoscemo apertissimamente, che doviamo aprir gli occhi a quello ch'hanno osservato e visto, e non porgere il consentimento a quel ch' hanno conceputo, inteso e determinato.

SMI. Di grazia, fatemi intendere, che opinione avete del Copernico?

TEO. Lui avea un grave, elaborato, sollecito e maturo ingegno; uomo che non è inferiore a nessuno astronomo che sii stato avanti lui, se non per luogo di successione e tempo; uomo che, quanto al giudizio naturale, è stato molto superiore a Tolomeo, Ipparco, Eudoxo e tutti gli altri, ch'han caminato appo i vestigi di questi. Al che è dovenuto per essersi liberato da alcuni presupposti falsi de la comone e volgar filosofia, non voglio dir cecità. Ma però non se n'è molto allontanato; perché lui, più studioso de la matematica che de la natura, non ha possuto profondar e penetrar sin tanto che potesse a fatto toglier via le radici de inconvenienti e vani principii, onde perfettamente sciogliesse tutte le contrarie difficuità e venesse a liberar e sé ed altri da tante vane inquisizioni e fermar la contemplazione ne le cose costante e certe. Con tutto ciò chi potrà a pieno lodar la magnanimità di questo germano, il quale, avendo poco riguardo a la stolta moltitudine, è stato sì saldo contra il torrente de la contraria fede, e benché quasi inerme di vive raggioni, ripigliando quelli abietti e rugginosi fragmenti ch'ha possuto aver per le mani da la antiquità, le ha ripolìti, accozzati e risaldati in tanto, con quel suo più matematico che natural discorso, ch'ha resa la causa, già ridicola, abietta e vilipesa, onorata, preggiata, più verisimile che la contraria, e certissimamente più comoda ed ispedita per la teorica e raggione calculatoria? Cossì questo alemano, benché non abbi avuti sufficienti modi, per i quali, oltre il resistere, potesse a bastanza vencere, debellare e supprimere la falsità, ha pure fissato il piede in determinare ne l'animo suo ed apertissimamente confessare, ch'al fine si debba conchiudere necessariamente, che più tosto questo globo si muova a l'aspetto de l'universo, che sii possibile che la generalità di tanti corpi innumerabili, de' quali molti son conosciuti più magnifici e più grandi, abbia, al dispetto della natura e raggioni che con sensibilissimi moti cridano il contrario, conoscere questo per mezzo e base de' suoi giri ed influssi. Chi dunque sarà sì villano e discortese verso il studio di quest'uomo, che, avendo posto in oblìo quel tanto che ha fatto, con esser ordinato dagli dèi come una aurora, che dovea precedere l'uscita di questo sole de l'antiqua vera filosofia, per tanti secoli sepolta nelle tenebrose caverne de la cieca, maligna, proterva ed invida ignoranza; vogli, notandolo per quel che non ha possuto fare, metterlo nel medesmo numero della gregaria moltitudine, che discorre, si guida e si precipita giù per il senso de l'orecchio d'una brutale e ignobil fede; che [non] vogli computarlo tra quei, che col felice ingegno s'han possuto drizzare ed inalzarsi per la fidissima scorta de l'occhio della divina intelligenza?

Or che dirrò io del Nolano? Forse, per essermi tanto prossimo, quanto io medesmo a me stesso, non mi converrà lodarlo? Certamente, uomo raggionevole non sarà, che mi riprenda in ciò, atteso che questo talvolta non solamente conviene, ma è anco necessario, come bene espresse quel terso e colto Tansillo:

Bench'ad un uom, che preggio ed onor brama,

di se stesso parlar molto sconvegna,

perché la lingua, ov'il cor teme ed ama,

non è nel suo parlar di fede degna;

l'esser altrui precon de la sua fama

pur qualche volta par che si convegna,

quando vien a parlar per un di dui:

per fuggir biasmo, o per giovar altrui.

Pure, se sarà un tanto supercilioso, che non vogli a proposito alcuno patir la lode propria, o come propria, sappia, che quella talvolta non si può dividere da sui presenti e riportati effetti. Chi riprenderà Apelle, che presentando l'opra, a chi lo vuol sapere, dice, quella esser sua manifattura? Chi biasimarà Fidia, s'a un, che dimanda l'autore di questa magnifica scoltura, risponda esser stato lui? Or dunque, a fin ch'intendiate il negocio presente e l'importanza sua, vi propono per una conclusione, che ben presto facile e chiarissimamente vi si provarà: che, se vien lodato lo antico Tifi per avere ritrovata la prima nave, e cogli Argonauti trapassato il mare:

Audax nimium, qui freta primus

rate tam fragili perfida rupit,

terrasque suas post terga videns,

animam levibus credidit auris;

se a' nostri tempi vien magnificato il Colombo, per esser colui, de chi tanto tempo prima fu pronosticato:

Venient annis

saecula seris, quibus Oceanus

che de' farsi di questo, che ha ritrovato il modo di montare al cielo, discorrere la circonferenza de le stelle, lasciarsi a le spalli la convessa superficie del firmamento? Gli Tifi han ritrovato il modo di perturbar la pace altrui, violar i patrii genii de le reggioni, di confondere quel che la provida natura distinse, per il commerzio radoppiar i difetti, e gionger vizii a vizii de l'una e l'altra generazione, con violenza propagar nove follie e piantar l'inaudite pazzie ove non sono, conchiudendosi alfin più saggio quel ch'è più forte; mostrar novi studi, instrumenti ed arte de tirannizar e sassinar l'un l'altro; per mercé de' quai gesti tempo verrà, che, avendono quelli a sue male spese imparato, per forza de la vicissitudine de le cose, sapranno e potranno renderci simili e peggior frutti de sì perniciose invenzioni.

Il Nolano, per caggionar effetti al tutto contrarii, ha disciolto l'animo umano e la cognizione, che era rinchiusa ne l'artissimo carcere de l'aria turbulento; onde a pena, come per certi buchi, avea facultà de remirar le lontanissime stelle, e gli erano mozze l'ali, a fin che non volasse ad aprir il velame di queste nuvole e veder quello che veramente là su si ritrovasse, e liberarse da le chimere di quei, che, essendo usciti dal fango e caverne de la terra, quasi Mercuri ed Apollini discesi dal cielo, con moltiforme impostura han ripieno il mondo tutto d'infinite pazzie, bestialità e vizii, come di tante vertù, divinità e discipline, smorzando quel lume, che rendea divini ed eroici gli animi di nostri antichi padri, approvando e confirmando le tenebre caliginose de' sofisti ed asini. Per il che già tanto tempo l'umana raggione oppressa, tal volta nel suo lucido intervallo piangendo la sua sì bassa condizione, alla divina e provida mente, che sempre ne l'interno orecchio li susurra, si rivolge con simili accenti:

Or ecco quello, ch'ha varcato l'aria, penetrato il cielo, discorse le stelle, trapassati gli margini del mondo, fatte svanir le fantastiche muraglia de le prime, ottave, none, decime ed altre, che vi s'avesser potuto aggiongere, sfere, per relazione de vani matematici e cieco veder di filosofi volgari; cossì al cospetto d'ogni senso e raggione, co' la chiave di solertissima inquisizione aperti que' chiostri de la verità, che da noi aprir si posseano, nudata la ricoperta e velata natura, ha donati gli occhi a le talpe, illuminati i ciechi che non possean fissar gli occhi e mirar l'imagin sua in tanti specchi che da ogni lato gli s'opponeno, sciolta la lingua a' muti che non sapeano e non ardivano esplicar gl'intricati sentimenti, risaldati i zoppi che non valean far quel progresso col spirto che non può far l'ignobile e dissolubile composto, le rende non men presenti che si fussero proprii abitatori del sole, de la luna ed altri nomati astri, dimostra quanto siino simili o dissimili, maggiori o peggiori quei corpi che veggiamo lontano a quello che n'è appresso ed a cui siamo uniti, e n'apre gli occhi a veder questo nume, questa nostra madre, che nel suo dorso ne alimenta e ne nutrisce, dopo averne produtti dal suo grembo, al qual di nuovo sempre ne riaccoglie, e non pensar oltre lei essere un corpo senza alma e vita, ad anche feccia tra le sustanze corporali. A questo modo sappiamo che, si noi fussimo ne la luna o in altre stelle, non sarreimo in loco molto dissimile a questo, e forse in peggiore; come possono esser altri corpi cossì buoni, ed anco megliori per se stessi, e per la maggior felicità de' propri animali. Cossì conoscemo tante stelle, tanti astri, tanti numi, che son quelle tante centenaia de migliaia, ch'assistono al ministerio e contemplazione del primo, universale, infinito ed eterno efficiente. Non è più impriggionata la nostra raggione coi ceppi de' fantastici mobili e motori otto, nove e diece. Conoscemo, che non è ch'un cielo, un'eterea reggione immensa, dove questi magnifici lumi serbano le proprie distanze, per comodità de la participazione de la perpetua vita. Questi fiammeggianti corpi son que' ambasciatori, che annunziano l'eccellenza de la gloria e maestà de Dio. Cossì siamo promossi a scuoprire l'infinito effetto dell'infinita causa, il vero e vivo vestigio de l'infinito vigore; ed abbiamo dottrina di non cercar la divinità rimossa da noi, se l'abbiamo appresso, anzi di dentro, più che noi medesmi siamo dentro a noi; non meno che gli coltori degli altri mondi non la denno cercare appresso di noi, l'avendo appresso e dentro di sé, atteso che non più la luna è cielo a noi, che noi alla luna. Cossì si può tirar a certo meglior proposito quel che disse il Tansillo quasi per certo gioco:

voi sete il veltro, che nel rio trabocca,

mentre l'ombra desia di quel ch'ha in bocca.

Lasciate l'ombre, ed abbracciate il vero;

non cangiate il presente col futuro.

Io d'aver di meglior già non dispero;

ma, per viver più lieto e più sicuro

godo il presente e del futuro spero:

cossì doppia dolcezza mi procuro.

Con ciò un solo, benché solo, può e potrà vencere, ed al fine arà vinto, e trionfarà contra l'ignoranza generale; e non è dubio se la cosa de' determinarsi, non co' la moltitudine di ciechi e sordi testimoni, di convizii e di parole vane, ma co' la forza di regolato sentimento, il qual bisogna che conchiuda al fine; perché, in fatto, tutti gli orbi non vagliono per uno che vede, e tutti i stolti non possono servire per un savio.

PRU.

Rebus et in censu si non est quod fuit ante,

fac vivas contentus eo, quod tempora praebent.

Iudicium populi nunquam contempseris unus,

ne nulli placeas, dum vis contemnere multos.

TEO. Questo è prudentissimamente detto in proposito del convitto e regimento comone e prattica de la civile conversazione: ma non già in proposito de la cognizione de la verità e regola di contemplazione, per cui disse il medesmo saggio:

Disce, sed a doctis; indoctos ipse doceto.

È anco, quel che tu dici, in proposito di dottrina espediente a molti; e però è conseglio, che riguarda la moltitudine: perché non fa per le spalli di qualsivoglia questa soma, ma per quelli, che possono portarla, come il Nolano; o almeno muoverla verso il suo termine, senza incorrere difficoltà disconveniente, come il Copernico ha possuto fare. Oltre, color ch'hanno la possessione di questa verità, non denno ad ogni sorte di persona comunicarla, si non vogliono lavar, come se dice, il capo a l'asino, se non vuolen vedere quel che san far i porci a le perle, e raccogliere que' frutti del suo studio e fatica, che suole produrre la temeraria e sciocca ignoranza, insieme co' la presunzione ed incivilità, la quale è sua perpetua e fida compagnia. Di que' dunque indotti possiamo esser maestri, e

17

di que' ciechi illuminatori, che non per inabilità di naturale impotenza, o per privazion d'ingegno e disciplina, ma sol per non avvertire e non considerare son chiamati orbi; il che avviene per la privazion de l'atto solo, e non de la facultà ancora. Di questi sono alcuni tanto maligni e scelerati, che per una certa neghittosa invidia si adirano ed inorgogliano contra colui, che par loro voglia insegnare; essendo, come son creduti e, quel ch'è peggio, si credono, dotti e dottori, ardisca mostrar saper quel che essi non sanno. Qua le vederete infocar e rabbiarsi.

FRU. Come avvenne a que' doi dottori barbareschi, de' quali parlaremo; l'un de' quali, non sapendo più che si rispondere e che argumentare, s'alza in piedi in atto di volerla finir con una provisione di adagi d'Erasmo, over coi pugni: cridò: - *Quid? nonne Antyciram navigas? Tu ille philosophorum protoplastes, qui nec Ptolomaeo, nec tot tantorumque philosophorum et astronomorum maiestati quippiam concedis? Tu ne nodum in scirpo quaeritas?*; - ed altri proposti, degni d'essergli decisi a dosso co' quelle verghe doppie, chiamate bastoni, co' le quali i facchini soglion prender la misura per far i gipponi agli asini.

TEO. Lasciamo questi proposti per ora. Sono alcuni altri, che, per qualche credula pazzia, temendo che per vedere non se guastino, vogliono ostinatamente perseverare ne le tenebre di quello c'hanno una volta malamente appreso. Altri poi sono i felici e ben nati ingegni, verso gli quali nisciuno onorato studio è perso: temerariamente non giudicano, hanno libero l'intelletto, terso il vedere e son prodotti dal cielo, si non inventori, degni però esaminatori, scrutatori, giodici e testimoni de la verità. Di questi ha guadagnato, guadagna e guadagnarà l'assenso e l'amore il Nolano. Questi son que' nobilissimi ingegni, che son capaci d'udirlo e disputar co' lui. Perché in vero nisciuno è degno di contrastargli circa queste materie, che, si non vien contento di consentirgli a fatto, per non esser tanto capace, non gli sottoscriva almeno ne le cose molte, maggiori e principali, e confesse che quello, che non può conoscere per più vero, è certo che sii più verisimile.

PRUD. Sii come la si vuole, io non voglio discostarmi dal parer de gli antichi, perché, dice il saggio, nell'antiquità è la sapienza.

TEO. E soggionge: in molti anni la prudenza. Si voi intendeste bene quel che dite, vedreste, che dal vostro fondamento s'inferisce il contrario di quel che pensate: voglio dire, che noi siamo più vecchi ed abbiamo più lunga età, che i nostri predecessori: intendo, per quel che appartiene in certi giudizii, come in proposito. Non ha possuto essere sì maturo il giodicio d'Eudosso, che visse poco dopo la rinascente astronomia, se pur in esso non rinacque come quello di Calippo, che visse trent'anni dopo la morte d'Alessandro magno; il quale come giunse anni ad anni, possea giongere ancora osservanze ad osservanze. Ipparco, per la medesma raggione, dovea saperne più di Calippo, perché vedde la mutazione fatta sino a centononantasei anni dopo la morte d'Alessandro. Menelao, romano geometra, perché vedde la differenza de moto quatrocentosessantadui anni dopo Alessandro morto, è raggione che n'intendesse più ch'Ipparco. Più ne dovea vedere Macometto Aracense milleducento e dui anni dopo quella. Più n'ha veduto il Copernico quasi a nostri tempi appresso la medesma anni milleottocentoquarantanove. Ma che di questi alcuni, che son stati appresso, non siino però stati più accorti, che quei che furon prima, e che la moltitudine di que' che sono a nostri tempi, non ha però più sale, questo accade per ciò che quelli non vissero, e questi non vivono gli anni altrui, e, quel che è peggio, vissero morti quelli e questi ne gli anni proprii.

PRU. Dite quel che vi piace, tiratela a vostro bel piacer dove vi pare: io sono amico de l'antiquità; e quanto appartiene a le vostre opinioni o paradossi, non credo che sì molti e sì saggi sien stati ignoranti, come pensate voi ed altri amici di novità.

TEO. Bene, maestro Prudenzio; si questa volgare e vostra opinione per tanto è vera in quanto che è antica, certo era falsa quando la fu nova. Prima che fusse questa filosofia conforme al vostro cervello, fu quella degli caldei, egizii, maghi, orfici, pitagorici ed altri di prima memoria, conforme al nostro capo; da' quali prima si ribbellorno questi insensati e vani logici e matematici, nemici non tanto de la antiquità, quanto alieni da la verità. Poniamo dunque da canto la raggione de l'antico e novo, atteso che non è cosa nova che non possa esser vecchia, e non è cosa vecchia che non sii stata nova, come ben notò il vostro Aristotele.

FRU. S'io non parlo, scoppiarò, creparò certo. Avete detto *il vostro Aristotele*, parlando a mastro Prudenzio. Sapete, come intendo, che Aristotele sii suo, *idest* lui sii peripatetico? (Di grazia, facciamo questo poco di digressione per modo di parentesi). Come di dui ciechi mendichi a la porta de l'arcivescovato di Napoli l'uno se diceva guelfo e l'altro ghibellino; e con questo si cominciorno sì crudamente a toccar l'un l'altro con que' bastoni ch'aveano, che, si non fussero stati divisi, non so come sarebbe passato il negozio. In questo se gli accosta un uom da bene, e li disse: - Venite qua, tu e tu, orbo mascalzone: che cosa è guelfo? che cosa è ghibellino? che vuol dir esser guelfo ed esser ghibellino? - In verità, l'uno non seppe punto che rispondere, né che dire. L'altro si risolse dicendo: - Il signor Pietro Costanzo, che è mio padrone, ed al quale io voglio molto bene, è un ghibellino. - Cossì a punto molti sono peripatetici, che si adirano, se scaldano e s'imbraggiano per Aristotele, voglion defendere la dottrina d'Aristotele, son inimici de que' che non sono amici d'Aristotele, voglion vivere e morire per Aristotele; i quali non intendono né anche quel che significano i titoli de' libri d'Aristotele. Se volete ch'io ve ne dimostri uno, ecco costui, al quale avete detto *il vostro Aristotele*, e che a volte a volte ti sfodra un *Aristoteles noster, Peripateticorum princeps*, un *Plato noster, et ultra*.

PRU. Io fo poco conto del vostro conto, niente istimo la vostra stima.

TEO. Di grazia, non interrompete più il nostro discorso.

SMI. Seguite, signor Teofilo.

TEO. Notò, dico, il vostro Aristotele, che, come è la vicissitudine de l'altre cose, cossì non meno de le opinioni ed effetti diversi: però tanto è aver riguardo alle filosofie per le loro antiquità, quanto voler decidere se fu prima il giorno o la notte. Quello dunque, al che doviamo fissar l'occhio de la considerazione, è si noi siamo nel giorno, e la luce de la verità è sopra il nostro orizonte, overo in quello degli aversarii nostri antipodi; si siamo noi in tenebre, over essi: ed in conclusione, si noi, che damo principio a rinovar l'antica filosofia, siamo ne la mattina per dar fine a la notte, o pur ne la sera per donar fine al giorno. E questo certamente non è difficile a determinarsi, anco giudicando a la grossa da' frutti de l'una e l'altra specie di contemplazione.

Or veggiamo la differenza tra quelli e questi. Quelli nel viver temperati, ne la medicina esperti, ne la contemplazione giudiziosi, ne la divinazione singolari, ne la magia miracolosi, ne le superstizioni providi, ne le leggi osservanti, ne la moralità irreprensibili, ne la teologia divini, in tutti effetti eroici; come ne mostrano lor prolongate vite, i meno infermi corpi, l'invenzioni altissime, le adempite pronosticazioni, le sustanze per lor opra transformate, il convitto pacifico de que' popoli, gli lor sacramenti inviolabili, l'essecuzioni giustissime, la familiarità de buone e protettrici intelligenze ed i vestigii, ch'ancora durano, de lor maravigliose prodezze. Questi altri contrarii lascio essaminargli al giudizio de chi n'ha.

SMI. Or che direte, se la maggior parte di nostri tempi pensa tutto il contrario, e spezialmente quanto a la dottrìna?

TEO. Non mi maraviglio; perché, come è ordinario, quei che manco intendeno credono saper più, e quei che sono al tutto pazzi, pensano saper tutto.

SMI. Dimmi, in che modo si potran corregger questi?

FRU. Con toglierli via quel capo, e piantargliene un altro.

TEO. Con toglierli via in qualche modo d'argumentazìone quella esistimazion di sapere, e con argute persuasioni spogliarle, quanto si può, di quella stolta opinione, a fin che si rendano uditori; avendo prima avvertito quel che insegna, che siino ingegni capaci ed abili. Questi, secondo l'uso de la scuola pitagorica e nostra, non voglio ch'abbino facultà di esercitar atti de interrogatore o disputante prima ch'abbino udito tutto il corso de la filosofia; perché allora, se la dottrina è perfetta in sé, e da quelli è stata perfettamente intesa, purga tutti i dubii e toglie via tutte le contradizionì. Oltre, s'avviene che ritrove un più polito ingegno, allora quel potrà vedere il tanto, che vi si può aggiongere, togliere, correggere e mutare. Allora potrà conferire questi principìi e queste conclusioni a quelli altri contrarii principii e conclusioni; e cossì raggionevolmente consentire o dissentire, interrogare e rispondere; perché altrimente non è possibile saper, circa una arte o scienza, dubitar ed interrogar a proposito e co' gli ordini che si convengono, se non ha udito prima. Non potrà mai esser buono inquisitore e giodice del caso prima non s'è informato del negocio. Però, dove la dottrina va per i suoi gradi, procedendo da posti e confirmati pricipii e fondamenti a l'edificio e perfezione de cose, che per quella si possono ritrovare, l'auditore deve essere taciturno, e, prima d'aver tutto udito ed inteso, credere che con il progresso de la dottrina cessarranno tutte difficultadi. Altra consuetudine hanno gli Efettici e Pirroni, i quali, facendo professione che cosa alcuna non si possa sapere, sempre vanno dimandando e cercando per non ritrovar giamai. Non meno infelici ingegni son quei, che anco di cose chiarissime vogliono disputare, facendo la maggior perdita di tempo che imaginar si possa; e quei, che per parer dotti e per altre indegne occasioni, non vogliono insegnare, né imparare, ma solamente contendere ed oppugnar il vero.

SMI. Mi occorre un scrupolo circa quel ch'avete detto: che, essendo una innumerabil moltitudine di quei che presumeno di sapere e se stimano degni d'essere costantemente uditi, come vedete che per tutto le università e academie so' piene di questi Aristarchi, che non cederebbono uno zero a l'altitonante Giove; sotto i quali quei che studiano, non aranno al fine guadagnato altro, che esser promossi da non sapere, che è una privazione de la verità, a pensarsi e credersi di sapere, che è una pazzia ed abito di falsità; vedi dunque, che cosa han guadagnato questi uditori: tolti da la ignoranza di semplice negazione son messi in quella di mala disposizione, come la dicono. Ora, chi me farà sicuro, che, facendo io tanto dispendio di tempo e di fatica, e d'occasione di meglior studi ed occupazioni, non mi avvenga quel ch'a la massima parte suole accadere, che, in luogo d'aver comprata la dottrina, non m'abbi infettata la mente di perniziose pazzie? Come io, che non so nulla, potrò conoscere la differenza de dignità ed indignità, de la povertà e ricchezza di que' che si stimano e son stimati savi? Vedo bene, che tutti nascemo ignoranti, credemo facilmente d'essere ignoranti; crescemo, e siamo allevati co' la disciplina e consuetudine di nostra casa, e non meno noi udiamo biasimare le leggi, gli riti, le fede e gli costumi de' nostri adversari ed alieni da noi, che quelli de noi e di cose nostre. Non meno in noi si piantano per forza di certa naturale nutritura le radici del zelo di cose nostre, che in quelli altri molti e diversi de le sue. Quindi facilmente ha possuto porsi in consuetudine, che i nostri stimino far un sacrificio a gli dèi, quando arranno oppressi, uccisi, debellati e sassinati gli nemici de la fé nostra; non meno che quelli altri tutti, quando arran fatto il simile a noi. E non con minor fervore e persuasione di certezza quelli ringraziano Idio d'aver quel lume, per il quale si prometteno eterna vita, che noi rendiamo grazie di non essere in quella cecità e tenebre, ch'essi sono. A queste persuasioni di religione e fede s'aggiongono le persuasioni de scienze. Io, o per elezione di quei che me governaro, padri e pedagoghi, o per mio capriccio e fantasia, o per fama d'un dottore, non men con satisfazione de l'animo mio, mi stimarò aver guadagnato sotto l'arrogante e fortunata ignoranza d'un cavallo, che qualsivoglia altro sotto un meno ignorante o pur dotto. Non sai quanta forza abbia la consuetudine di credere, ed esser nodrito da fanciullezza in certe persuasioni, ad impedirne da l'intelligenza de cose manifestissime; non altrimente ch'accader suole a quei che sono avezzati a mangiar veleno, la complession de' quali al fine non solamente non ne sente oltraggio, ma ancora se l'ha convertito in nutrimento naturale, di sorte che l'antidoto istesso gli è dovenuto mortifero? Or dimmi, con quale arte ti conciliarai queste orecchie più tosto tu ch'un altro, essendo che ne l'animo di quello è forse meno inclinazione ad attendere le tue proposizioni, che quelle di mill'altri diverse?

TEO. Questo è dono de gli dèi, se ti guidano e dispensano le sorte da farte venir a l'incontro un uomo, che non tanto abbia l'esistimazion di vera guida, quanto in verità sii tale, ed illuminano l'interno tuo spirto al far elezione de quel ch'è megliore.

SMI. Però comunemente si va appresso al giudizio comone, a fin che, se si fa errore, quello non sarà senza gran favore e compagnia.

TEO. Pensiero indegnissimo d'un uomo! Per questo gli uomini savii e divini son assai pochi; e la volontà di dèi è questa, atteso che non è stimato né prezioso quel tanto ch'è comone e generale.

SMI. Credo bene, che la verità è conosciuta da pochi, e le cose preggiate son possedute da pochissimi; ma mi confonde che molte cose son, poche tra pochi, e forse appresso un solo, che non denno esser stimate, non vaglion nulla e possono esser maggior pazzie e vizii.

TEO. Bene, ma in fine è più sicuro cercar il vero e conveniente fuor de la moltitudine, perché questa mai apportò cosa preziosa e degna, e sempre tra pochi si trovorno le cose di perfezione e preggio. Le quali, se fusser solo ad esser rare ed appresso rari, ognuno, benché non le sapesse ritrovare, almeno le potrebbe conoscere; e cossì non sarebbono tanto preziose per via di cognizione, ma di possessione solamente.

SMI. Lasciamo dunque questi discorsi, e stiamo un poco ad udire ed osservare i pensieri del Nolano. È pure assai, che sin ora s'abbia conciliato tanta fede, ch'è stimato degno d'essere udito.

TEO. A lui basta ben questo. Or attendete quanto la sua filosofia sii forte a conservarsi, defendersi, scuoprir la vanità e far aperte le fallacie de' sofisti e cecità del volgo e volgar filosofia.

SMI. A questo fine, per essere ora notte, torneremo domani qua a l'ora medesma, e faremo considerazione sopra gli rancontri e dottrina del Nolano.

PRU. *Sat prata biberunt; nam iam nox humida caelo praecipitat.*

FINE DEL PRIMO DIALOGO

DIALOGO SECONDO

TEO. Allora gli disse il signor Folco Grivello: - Di grazia, signor Nolano, fatemi intendere le raggíoni, per le quali stimate la terra muoversi. - A cui rispose, che lui non gli arebbe possuto donar raggione alcuna, non conoscendo la sua capacità; e non sapendo come potesse da lui essere inteso, temerebbe far come quei, che dicono le sue raggioni a le statue e andano a parlare cogli morti. Pertanto gli piaccia prima farsi conoscere con proponere quelle raggioni, che gli persuadeno il contrario; perché, secondo il lume e forza de l'ingegno, che lui dimostrarà apportando quelle, gli potranno esser date risoluzioni. Aggiunse a questo, che per desiderio, che tiene, di mostrar la imbecillità di contrari pareri per i medesmi principii, co' quali pensano esser confirmati, se gli farebbe non mediocre piacere di ritrovar persone, le quali fussero giudicate sufficiente a questa impresa; e lui sarebbe sempre apparecchiato e pronto al rispondere. Con questo modo si potesse veder la virtù de' fondamenti di questa sua filosofia contra la volgare tanto megliormente, quanto maggior occasione gli verrebe presentata di rispondere e dechiarare.

Molto piacque al signor Folco questa risposta. Disse: - Voi mi fate gratissimo officio; accetto la vostra proposta e voglio determinare un giorno, nel quale ve si opporranno persone, che forse non vi faran mancar materia di produr le vostre cose in campo. Mercoldì ad otto giorni, che sarà de le ceneri, sarete convitato con molti gentilomini e dotti personaggi, a fin che, dopo mangiare, si faccia discussione di belle e varie cose. Vi prometto - disse il Nolano - ch'io non mancarò d'esser presente allora e tutte volte che si presentarà simile occasione; perché non è gran cosa sotto la mia elezione, che mi ritarde dal studio di voler intendere e sapere. Ma, vi priego, che non mi fate venir innanzi persone ignobili, mal create e poco intendenti in simile speculazioni. (E certo ebbe raggione di dubitare, perché molti dottori di questa patria, coi quali ha raggionato di lettere, ha trovato nel modo di procedere aver più del bifolco, che d'altro che si potesse desiderare.) Rispose il signor Folco, che non dubitasse; perché quelli, che lui propone, son morigeratissimi e dottissimi. Cossì fu conchiuso. Or, essendo venuto il giorno determinato, aggiutatemi, Muse, a raccontare!

PRU. *Apostrophe, pathos, invocatio, poetarum more.*

SMI. Ascoltate, vi priego, maestro Prudenzìo.

PRU. *Lubentissime.*

TEO. Il Nolano, avendo aspettato sin dopo pranso e non avendo nuova alcuna, stimò quello gentiluomo per altre occupazioni aver posto in oblio, o men possuto proveder al negocio. E, sciolto da quel pensiero, andò a rimenarsi, e visitar alcuni amici italiani; e ritornando al tardi, dopo il tramontar del sole...

PRU. Già il rutilante Febo, avendo volto al nostro emisfero il tergo, con il radiante capo ad illustrar gli antipodi sen giva.

FRU. Di grazia, *magister,* raccontate voi, perché il vostro modo di recitare mi sodisfa mirabilmente.

PRU. Oh s'io sapessi l'istoria!

FRU. Or tacete dunque, in nome del vostro diavolo.

TEO. La sera al tardi, gionto a casa, ritrova avanti la porta messer Florìo e maestro Guin; i quali s'erano molto travagliati in cercarlo, e, quando il veddero venire: - O, di grazia, - dissero - presto, senza dimora andiamo, ché vi aspettano tanti cavallieri, gentilomini e dottori, e tra gli altri ve n'è un di quelli ch'hanno a disputare, il quale è di vostro cognome. Noi dunque - disse il Nolano - non ne potremo far male. Sin adesso una cosa m'è venuta in fallo, ch'io sperava di far questo negocio a lume di sole, e veggio che si disputarà a lume di candela. - Iscusò maestro Guin per alcuni cavallieri, che desideravano esser presenti: non han possuto essere al desinare, e son venuti a la cena. Orsù, - disse il Nolano - andiamo e preghiamo Dio, che ne faccia accompagnare in questa sera oscura, a sì lungo camino, per sì poco sicure strade.

Or, benché fussemo ne la strada diritta, pensando di far meglio, per accortar il camino, divertimmo verso il fiume Tamesi, per ritrovar un battello, che ne conducesse verso il palazzo. Giunsemo al ponte de palazzo del milord Beuckhurst; e quinci, cridando e chiamando *oares* (*idest* gondolieri), passammo tanto tempo, quanto arrebbe bastato a bell'agio di condurne per terra al loco determinato, ed avere spedito ancora qualche piccolo negozio. Risposero al fine da lungi dui barcaroli; e pian pianino, come venessero ad appiccarsi, giunsero a la riva; dove, dopo molte interrogazioni e risposte del donde, dove, e perché, e come, e quanto, approssimorno la proda a l'ultimo scalino del ponte. Ed ecco di dui, che v'erano, un, che pareva il nocchier antico del tartareo regno, porse la mano al Nolano, e un altro, che penso ch'era il figlio di quello, benché fusse uomo di sessantacinque anni in circa, accolse noi altri appresso. Ed ecco che, senza che qui fusse entrato un Ercole, un Enea, over un re di Sarza, Rodomonte,

gemuit sub pondere cymba

sutilis, et multam accepit limosa paludem.

Udendo questa musica, il Nolano: - Piaccia a Dio, - disse, - che questo non sii Caronte; credo, che questa è quella barca chiamata l'emula de la *lux perpetua*: questa può sicuramente competere in antiquità con l'arca di Noè e per mia fé, per certo, par una de le reliquie del diluvio. - Le parti di questa barca ti rispondevano ovonque la toccassi, e per ogni minimo moto risuonavano per tutto. - Or credo, - disse il Nolano, - non esser favola che le muraglia, si ben mi ricordo, di Tebe erano vocali, e che talvolta cantavano a raggion di musica. Si nol credete, ascoltate gli accenti di questa barca, che ne sembra tanti pifferi con que' fischi, che fanno udir le onde, quando entrano per le sue fessure e rime d'ogni canto. - Noi risemo, ma Dio sa come.

... Annibal, quando a l'imperio afflitto

vedde farsi fortuna sì molesta,

rise tra gente lacrimosa e mesta.

PRU. *Risus Sardonicus.*

TEO. Noi, invitati sì da quella dolce armonia, come da amor gli sdegni, i tempi e le staggioni, accompagnammo i suoni con i canti. Messer Florio, come ricordandosi de' suoi amori, cantava il «Dove, senza me, dolce mia vita». Il Nolano ripigliava: «Il Saracin dolente, o femenil ingegno», e va discorrendo. Cossì a poco a poco, per quanto ne permettea la barca, che (benché dalle tarle ed il tempo fusse ridutta a tale, ch'arrebe possuto servir per subero) parea col suo *festina lente* tutta di piombo, e le braccia di que' dua vecchi rotte; i quali, benché col rimenar de la persona mostrassero la misura lunga, nulla di meno coi remi faceano i passi corti.

PRU. *Optime descriptum illud «festina»* con il dorso frettoloso di marinai; "*lente* ' col profitto de' remi, qual mali operarii del dio de gli orti.

TEO. A questo modo, avanzando molto di tempo e poco di camino, non avendo già fatta la terza parte del viaggio, poco oltre il loco, che si chiama il *Tempio*, ecco che i nostri patrini, invece d'affrettarsi, accostano la proda verso il lido. Dimanda il Nolano: - Che voglion far costoro? voglion forse riprendere un po' di fiato? - E gli venne interpretato, che quei non erano per passar oltre; perché quivi era la lor stanza. Priega e ripriega, ma tanto peggio; perché questa è una specie de rustici, nel petto de' quali spunta tutti i sui strali il dio d'amor del popolo villano.

PRU. *Principio omni rusticorum generi hoc est a natura tributum, ut nihil virtutis amore faciant, et vix quicquam formidine poenae.*

FRU. È un altro proverbio anco in proposito di ciaschedun villano:

Rogatus tumet,

pulsatus rogat,

pugnis concisus adorat.

TEO. In conclusione, ne gittarono là; e dopo pagategli e resegli le grazie (perché in questo loco non si può far altro, quando se riceve un torto da simil canaglia), ne mostrorno il diritto camino per uscire a la strada. Or qua te voglio, dolce Mafelina, che sei la musa di Merlin Cocaio. Questo era un camino, che cominciò da una buazza, la quale né per ordinario, né per fortuna, avea divertiglio. Il Nolano, il quale ha studiato ed ha pratticato ne le scuole più che noi, disse: - Mi par veder un porco passaggio; però seguitate a me. - Ed ecco, non avea finito quel dire, che vien piantato lui in quella fanga di sorte, che non possea ritrarne fuora le gambe; e cossì, aggiutando l'un l'altro, vi dammo per mezzo, sperando che questo purgatorio durasse poco. Ma ecco che, per sorte iniqua e dura, lui e noi, noi e lui ne ritrovammo ingolfati dentro un limoso varco, il qual, come fusse l'orto de la gelosia, o il giardin de le delizie, era terminato quinci e quindi da buone muraglia; e perché non era luce alcuna che ne guidasse, non sapeamo far differenza dal camino ch'aveam fatto e quello che doveam fare, sperando ad ogni passo il fine: sempre spaccando il liquido limo, penetravamo sin alla misura delle ginocchia verso il profondo e tenebroso Averno. Qua l'uno non possea dar conseglio a l'altro; non sapevam che dire, ma con un muto silenzio chi sibilava per rabbia, chi faceva un bisbiglio, chi sbruffava co' le labbia, chi gittava un suspiro e si fermava un poco, chi sotto lengua bestemmiava; e perché gli occhi non ne serveano, i piedi faceano la scorta ai piedi, un cieco era confuso in far più guida a l'altro. Tanto che,

> *Qual uom, che giace e piange lungamente*
>
> *sul duro letto il pigro andar de l'ore,*
>
> *or pietre, or carme, or polve, ed or liquore*
>
> *spera, ch'uccida il grave mal, che sente:*
>
> *ma, poi ch'a lungo andar vede il dolente,*
>
> *ch'ogni rimedio è vinto dal dolore,*
>
> *disperando s'acqueta; e, se ben more,*
>
> *sdegna ch'a sua salute altro si tente;*

cossì noi, dopo aver tentato e ritentato, e non vedendo rimedio al nostro male, desperati, senza più studiar e beccarsi il cervello in vano, risoluti ne andavamo a guazzo a guazzo per l'alto mar di quella liquida bua, che col suo lento flusso andava del profondo Tamesi a le sponde.

PRU. O bella clausola!

TEO. Tolta ciascun di noi la risoluzione del tragico cieco d'Epicuro:

> *Dov'il fatal destin mi guida cieco,*
>
> *lasciami andar, e dove il piè mi porta;*
>
> *né per pietà di me venir più meco.*
>
> *Trovarò forse un fosso, un speco, un sasso*
>
> *piatoso a trarmi fuor di tanta guerra,*
>
> *precipitando in loco cavo e basso;*

ma, per la grazia degli Dei (perché, come dice Aristotele, *non datur infinitum in actu*), senza incorrer peggior male, ne ritrovammo al fine ad un pantano; il quale, benché ancor lui fusse avaro d'un poco di margine per darne la strada, pure ne relevò con trattarci più cortesemente, non inceppando oltre i nostri piedi; sin tanto che, montando noi più alto per il sentiero, ne rese a la cortesia d'una lava, la quale da un canto lasciava un sì petroso spazio per porre i piedi in secco, che passo passo ne fe' cespitar come ubriachi, non senza pericolo di romperne qualche testa o gamba.

PRU. *Conclusio, conclusio!*

TEO. In conclusione, *tandem laeta arva tenemus*: ne parve essere ai campi Elisii, essendo arrivati a la grande ed ordinaria strada; e quivi da la forma del sito, considerando dove ne avesse condotti quel maladetto divertiglio, ecco che ne ritrovammo poco più o meno di vintidui passi discosti da onde eravamo partiti per ritrovar gli barcaroli, e vicino a la stanza del Nolano. O varie dialettiche, o nodosi dubii, o importuni sofismi, o cavillose capzioni, o scuri enigmi, o intricati laberinti, o indiavolate sfinge, risolvetevi, o fatevi risolvere.

In questo bivio, in questo dubbio passo,

che debbo far, che debbo dir, ahi, lasso?

Da qua ne richiamava il nostro allogiamento; perché ne avea sì fattamente imbottati maestro Buazzo e maestro Pantano, ch'a pena posseamo movere le gambe. Oltre, la regola de la odomantia e l'ordinario de gli augurii importunamente ne consegliavano a non seguitar quel viaggio. Li astri, per esserno tutti ricoperti sotto l'oscuro e tenebroso manto, e lasciandoci l'aria caliginoso, ne forzavano al ritorno. Il tempo ne dissuadeva l'andar sì lungi avante, ed essortava a tornar quel pochettino a dietro. Il loco vicino applaudeva benignamente. L'occasione, la quale con una mano ci avea risospinti sin qua, adesso con dui più forti pulsi facea il maggior empito del mondo. La stanchezza alfine, non meno ch'una pietra da l'intrinseco principio e natura è mossa verso il centro, ne mostrava il medesmo camino e ne fea inchinar verso la destra.

Da l'altro canto ne chiamavano le tante fatiche, travagli e disaggi, i quali sarrebono stati spesi invano. Ma il vermine de la conscienza diceva: se questo poco di camino n'ha costato tanto, che non è vinticinque passi, che sarà di tanta strada che ne resta? *Mejor es perder que mas perder.* Da là ne invitava il desio comone, ch'aveamo, di non defraudar la espettazione di que' cavallieri e nobili personaggi; dall'altro canto rispondeva il crudo rimorso, che quelli, non avendo avuto cura, né pensiero di mandar cavallo o battello a gentiluomini in questo tempo, ora ed occasione, non farebbono ancora scrupolo del nostro non andare. Da là eravamo accusati per poco cortesi al fine, o per uomini che van troppo sul pontiglio, che misurano le cose dai meriti ed uffici, e fan professione più di ricever cortesia che di farne, e come villani ed ignobili voler più tosto esser vinti in quella che vencere; da qua eravamo iscusati, ché dove è forza non è raggione. Da là ne attraea il particolare interesse del Nolano, ch'avea promesso, e che gli arrebono possuto attaccar a dosso un non so che; oltre c'ha lui gran desio, che se gli offra occasione di veder costumi, conoscere gl'ingegni, accorgersi, si sia possibile, di qualche nova verità, confirmar il buono abito de la cognizione, accorgersi di cosa che gli manca. Da qua eramo ritardati dal tedio comone e da non so che spirto, che diceva certe raggioni più vere, che degne a referire. A chi tocca determinar questa contradizione? chi ha da trionfar di questo libero arbitrio? a chi consentisce la raggione? che ha determinato il fato? Ecco questo fato, per mezzo de la raggione, aprendo la porta de l'intelletto, si fa dentro, e comanda a l'elezione, che ispedisca il consentimento di continuar il viaggio. *O passi graviora,* ne vien detto, o pusillanimi, o leggeri, incostanti ed uomini di poco spirto....

PRU. *Exaggeratio concinna!*

TEO. ...non è, non è impossibile, benché sii difficile, questa impresa. La difficoltà è quella, ch'è ordinata a far star a dietro gli poltroni. Le cose ordinarie e facili son per il volgo ed ordinaria gente; gli uomini rari, eroichi e divini passano per questo camino de la difficoltà, a fine che sii costretta la necessità a concedergli la palma de la immortalità. Giungesi a questo che, quantunque non sia possibile arrivar al termine di guadagnar il palio, correte pure e fate il vostro sforzo in una cosa de sì fatta importanza, e resistete sin a l'ultimo spirto. Non sol chi vence vien lodato, ma anco chi non muore da codardo e poltrone: questo rigetta la colpa de la sua perdita e morte in dosso de la sorte, e mostra al mondo che non per suo difetto, ma per torto di fortuna è gionto a termine tale. Non solo è degno di onore quell'uno ch'ha meritato il palio, ma ancor quello e quell'altro c'ha sì ben corso, ch'è giudicato anco degno e sufficiente de l'aver meritato, benché non l'abbia vinto. E son vituperosi quelli, ch'al mezzo de la carriera, desperati, si fermano, e non vanno, ancor che ultimi, a toccar il termine con quella lena e vigor che gli è possibile. Venca dunque la perseveranza, perché, se la fatica è tanta, il premio non sarà mediocre. Tutte cose preziose son poste nel difficile. Stretta e spinosa è la via de la beatitudine; gran cosa forse ne promette il cielo:

Pater ipse colendi

haud facilem esse viam voluit, primusque per artem

movit agros, curis acuens mortalia corda,

nec torpere gravi passus sua regna veterno.

PRU. Questo è un molto enfatico progresso, che converrebe a una materia di più grande importanza.

FRU. È lecito, ed è in potestà di principi, de essaltar le cose basse; le quali, se essi farran tali, saran giudicate degne, e veramente saran degne; e in questo gli atti loro son più illustri e notabili, che si aggrandissero i grandi, perché non è cosa, che non credeno meritar per la sua grandezza; overo che si mantenessero i superiori ne la sua superiorità, perché diranno, quello convenirgli non per grazia, cortesia e magnanimità di principe, ma per giusticia e raggione. Cossì non essaltano per ordinario degni e virtuosi, perché gli pare che quelli non hanno occasione di rendergli tante grazie, quante un aggrandito poltrone e feccia di forfanti. Oltre, hanno questa prudenza, per far conoscere che la fortuna, alla cui cieca maestà son obligati molto, è superiore a la virtù. Se tal volta esaltano un uom da bene ed onorato tra quelli, di rado li faran tener quel grado, nel quale non se gli prepona un tale, che gli faccia conoscere, quanto l'autorità vale sopra i meriti, e che i meriti non vagliono, se non quanto quella permette e dispensa. Or vedete con qual similitudine potrete intendere, perché Teofilo essaggere tanto questa materia: la qual, quantunque rozza vi paia, è pur altra cosa ch'esaltar la salza, l'orticello, il culice, la mosca, la noce e cose simili, con gli antichi scrittori; e con que' di nostri tempi, il palo, la stecca, il ventaglio, la radice, la gniffeguerra, la candela, il scaldaletto, il fico, la quintana, il circello, ed altre cose, che non solo son stimate ignobili, ma son anco molte di quelle stomacose. Ma si tratta dell'andar a ritrovar tra gli altri un par di suppositi, che portan seco tal significazione, che certo gran cosa ne promette il cielo. Non sapete che quando il figlio di Cis, chiamato Saul, andava cercando gli asini, fu in punto d'esser stimato degno ed esser ordinato re del popolo israelita? Andate, andate a leggere il primo libro di Samuele; e vi vedrete, che quel gentil personaggio tuttavia fea più conto di trovar gli asini, che d'esser onto re. Anzi par che non si contentava del regno, se non trovava gli asini. Onde, tutte volte che Samuele gli parlava di coronarlo, lui rispondeva: - E dove son gli asini? gli asini dove sono? Mio padre m'ha inviato a ritrovar gli asini, e non volete voi ch'io ritrove gli miei asini? - In conclusione, non si quietò mai, sin tanto che non gli disse il profeta, che gli asini eran trovati; volendo accennar forse ch'avea quel regno, per cui possea contentarsi, che valeva per gli suoi asini, e d'avantaggio ancora. Ecco dunque come alle volte tal cosa si è andata cercando, che quel cercare è stato presagio di regno.

Gran cosa dunque ne promette il cielo. Or séguita, Teofilo, il tuo discorso. Narra i successi di questo cercare, che facea il Nolano; fanne udire il restante dei casi di questo viaggio.

PRU. *Bene est, pro bene est, prosequere, Theophile.*

SMI Ispedite presto, perché s'accosta l'ora d'andar a cena. Dite brevemente quel che vi occorse dopo che vi risolveste di seguitar più tosto il lungo e fastidioso camino che ritornar a casa.

TEO. Alza i vanni, Teofilo, e ponti in ordine, e sappi ch'al presente non s'offre occasione di apportar de le più alte cose del mondo. Non hai qua materia di parlar di quel nume de la terra, di quella singolare e rarissima Dama, che da questo freddo cielo, vicino a l'artico parallelo, a tutto il terrestre globo rende sì chiaro lume: Elizabetta dico, che per titolo e dignità regia non è inferiore a qualsivoglia re, che sii nel mondo; per il giodicio, saggezza, conseglio e governo, non è facilmente seconda ad altro, che porti scettro in terra: ne la cognizione de le arti, notizia de le scienze, intelligenza e pratica de tutte lingue, che da persone popolari e dotte possono in Europa parlarsi, lascio al mondo tutto giudicare qual grado lei tenga tra tutti gli altri principi. Certo, se l'imperio de la fortuna corrispondesse e fusse agguagliato a l'imperio del generosissimo spirto ed ingegno, bisognerebbe che questa grande Amfitrite aprisse le sue fimbrie, ed allargasse tanto la sua circonferenza, che sì come gli comprende una Britannia ed Ibernia, gli desse un altro globo intiero, che venesse ad uguagliarsi a la mole universale, onde con più piena significazione la sua potente mano sustente il globo d'una generale ed intiera monarchia.

Non hai materia di parlar di tanto maturo, discreto e provido conseglio, con il quale quell'animo eroico, già vinticinque anni e più, col cenno de gli occhi suoi, nel centro de le borasche d'un mare d'adversità, ha fatto trionfar la pace e la quiete, mantenutasi salda in tanto gagliardi flutti e tumide onde di sì varie tempeste; con le quali a tutta possa gli ha fatto impeto quest'orgoglioso e pazzo Oceano, che da tutti contorni la circonda. Quivi, bench'io come particolare non le conosca, né abbia pensiero di conoscerli, odo tanto nominar gl'illustrissimi ed eccellentissimi cavallieri, un gran tesorier del regno, e Roberto Dudleo, Conte di Licestra; la generosissima umanità di quali è tanto conosciuta dal mondo, nominata insieme con la fama della Regina e regno, tanto predicata ne le vicine provinze, come quella ch'accoglie con particolar favore ogni sorte di forastiero, che non si rende al tutto incapace di grazia ed ossequio. Questi, insieme co' l'eccellentissimo signor Francesco Walsingame, gran secretario del Regio Conseglio, come quelli che siedono vicini al sole del regio splendore, con la luce de la lor gran civiltade son sufficienti a spengere ed annullar l'oscurità, e con il caldo de l'amorevol cortesia desrozzir e purgare qualsivoglia rudezza e rusticità, che ritrovar si possa non solo tra brittanni, ma anco tra sciti, arabi, tartari, canibali ed antropofagi. Non ti viene a proposito di referire l'onesta conversazione, civiltà e buona creanza di molti cavallieri e molti nobili personaggi del regno, tra' quali è tanto conosciuto ed a noi particolarissimamente, per fama prima, quando eravamo in Milano ed in Francia, e poi per esperienza, or che siamo ne la sua patria, manifesto, il molto illustre ed eccellente cavalliero, signor Filippo Sidneo; di cui il tersissimo ingegno, oltre i lodatissimi costumi, è sì raro e singolare, che difficilmente tra' singolarissimi e rarissimi, tanto fuori quanto dentro Italia, ne trovarete un simile.

Ma, a proposito, importunissimamente ne si mette avanti gli occhi una gran parte de la plebe; la quale è una sì fatta sentina che, se non fusse ben ben suppressa da gli altri, mandarebbe tal puzza e sì mal fumo, che verrebbe ad offuscar tanto il nome di tutta la plebe intiera, che potrebe vantarsi l'Inghilterra d'aver una plebe, la quale in essere irrespettevole, incivile, rozza, rustica, salvatica e male allevata non cede ad altra, che pascer possa la terra nel suo seno. Or, messi da canto molti soggetti, che sono in quella degni di qualsivoglia onore, grado e nobiltà, eccovi proposta avanti gli occhi un'altra parte, che, quando vede un forastiero, sembra, per Dio, tanti lupi, tanti orsi, che con suo torvo aspetto gli fanno quel viso, che saprebe far un porco ad un che venesse a torgli il tinello

d'avanti. Questa ignobilissima porzione, per quanto appartiene al proposito, è divisa in due specie;
…

PRU. *Omnis diviso debet esse bimembris, vel reducibilis ad bimembrem.*

TEO. …de quali l'una è de arteggiani e bottegari, che, conoscendoti in qualche foggia forastiero, ti torceno il musso, ti ridono, ti ghignano, ti petteggiano co' la bocca, ti chiamano, in suo lenguaggio, cane, traditore, straniero; e questo appresso loro è un titolo ingiuriosissimo, e che rende il supposito capace a ricevere tutti i torti del mondo, sia pur quanto si voglia uomo giovane o vecchio, togato o armato, nobile o gentiluomo. Or qua, se per mala sorte ti vien fatto che prendi occasione di toccarne uno, o porre mano a l'armi, ecco in un punto ti vedrai, quanto è lunga la strada, in mezzo d'uno esercito di coteconi; i quali più di repente che, come fingono i poeti, da' denti del drago seminati per Iasone risorsero tanti uomini armati, par che sbuchino da la terra, ma certissimamente esceno da le botteghe; e facendo una onoratissima e gentilissima prospettiva de una selva de bastoni, pertiche lunghe, alebarde, partesane e forche rugginenti (le quali, benché ad ottimo uso gli siano state concesse dal prencipe, per questa e simili occasioni han sempre apparecchiate e pronte); cossì con una rustica furia te le vedrai avventar sopra, senza guardare a chi, perché, dove e come, senza ch'un se ne referisca a l'altro: ognuno sfogando quel sdegno naturale c'ha contra il forastiero, ti verrà di sua propria mano (se non sarà impedito da la calca de gli altri, che poneno in effetto simil pensiero) e con la sua propria verga, a prendere la misura del saio; e se non sarai cauto, a saldarti ancora il cappello in testa. E se per caso vi fusse presente qualch'uomo da bene, o gentiluomo, al quale simil villania dispiaccia, quello, ancor che fusse il conte o il duca, dubitando, con suo danno, senza tuo profitto, d'esserti compagno (perché questi non hanno rispetto a persona, quando si veggono in questa foggia armati), sarà forzato a rodersi dentro ed aspettar, stando discosto, il fine. Or, al *tandem*, quando pensi che ti sii lecito d'andar a trovar il barbiero, e riposar il stanco e mal trattato busto, ecco che trovarai quelli medesimi esser tanti birri e zaffi, i quali, se potran fengere che tu abbi tocco alcuno, potreste aver la schena e gambe quanto si voglia rotte, come avessi gli talari di Mercurio, o fussi montato sopra il cavallo Pegaseo, o premessi la schena al destrier di Perseo, o cavalcassi l'ippogrifo d'Astolfo, o ti menasse il dromedario di Madian, o ti trottasse sotto una delle ciraffe degli tre Magi, a forza di bussate ti faran correre, aggiutandoti ad andar avanti con que' fieri pugni, che meglio sarrebe per te fussero tanti calci di bue, d'asino o di mulo: non ti lasciaranno mai, sin tanto che non t'abbiano ficcato dentro una priggione; e qua, *me tibi comendo.*

PRU. *A fulgure et tempestate, ab ira et indignatione, malitia, tentatione et furia rusticorum…*

FRU. … *libera nos, domine.*

TEO. Oltre a questi s'aggionge l'ordine di servitori. Non parlo de quelli de la prima cotta, i quali son gentiluomini de' baroni, e per ordinario non portano impresa o marca, se non o per troppa ambizione de gli uni, o per soverchia adulazion de gli altri: tra questi se ritrova civilità.

PRU. *Omnis regula exceptionem patitur.*

TEO. Ma, eccettuando però di tutte specie alcuni, che vi posson essere men capaci di tal censura, parlo de le altre specie di servitori; de' quali altri sono de la seconda cotta; e questi tutti portano la marca affibbiata a dosso. Altri sono de la terza cotta, li padroni de' quali non son tanto grandi, che li convegna dar marca a' servitori, o pur essi son stimati indegni ed incapaci di portarla. Altri sono de la quarta cotta, e questi siegueno gli marcati e non marcati, e son servi de' servi.

PRU. *Servus servorum non est malus titulus usquequaque.*

TEO. Quelli de la prima cotta son i poveri e bisognosi gentiluomini, li quali, per dissegno di robba o di favore, se riducono sotto l'ali di maggiori; e questi per il più non son tolti da sua casa, e senza indignità seguitano i sui milordi, son stimati e fauriti da quelli. Quelli de la seconda cotta sono de' mercantuzzi falliti o arteggiani, o quelli che senza profitto han studiato a leggere scrivere, o altra arte; e questi son tolti o fuggiti da qualche scuola, fundaco o bottega. Quelli de la terza cotta son que' poltroni, che, per fuggir maggior fatica, han lasciato più libero mestiero; e questi o son poltroni acquatici, tolti da' battelli; o son poltroni terrestri, tolti dagli aratri. Gli ultimi, de la quarta cotta, sono una mescuglia di desperati, di disgraziati da' lor padroni, de fuorusciti da tempeste, de pelegrini, de disutili ed inerti, di que' che non han più comodità di rubbare, di que' che frescamente son scampati di priggione, di quelli che han disegno d'ingannar qualcuno, che le viene a tôrre da là. E questi son tolti da le colonne de la Borsa e da la porta di San Paolo. De simili, se ne vuoi a Parigi, ne trovarai quanti ti piace a la porta del Palazzo; in Napoli, a le grade di San Paolo; in Venezia, a Rialto; in Roma, al Campo di Flora. De le tre ultime specie sono quei, che, per mostrar quanto siino potenti in casa sua, e che sono persone di buon stomaco, son buoni soldati e hanno a dispreggio il mondo tutto: ad uno che non fa mina di volergli dar la piazza larga, gli donaranno con la spalla, come con un sprone di galera, una spinta, che lo faran voltar tutto ritondo, facendogli veder quanto siino forti, robusti e possenti, e ad un bisogno buoni per rompere un'armata. E se costui, che se farà incontro sarà un forastiero, dònigli pur quanto si voglia di piazza, che vuole per ogni modo che sappia quanto san far il Cesare, l'Anniballe, l'Ettore ed un bue che urta ancora. Non fanno solamente come l'asino, il quale, massimamente quando è carco, si contenta del suo dritto camino per il filo; d'onde, se tu non ti muovi, non si muoverà anco lui, e converrà che o tu a esso, o esso a te doni la scossa; ma fanno cossì questi che portan l'acqua, che se tu non stai in cervello, ti farran sentir la punta di quel naso di ferro che sta a la bocca de la giarra.

Cossì fanno ancora color che portan birra ed ala; i quali, facendo il corso suo, se per sua inavertenza te si avventaranno sopra, te faran sentire l'émpito de la carca che portano, e che non solamente son possenti a portar su le spalli, ma ancora a buttar una casa innante e tirar, se fusse un carro, ancora. Questi particolari per l'autorità, che tegnono in quel caso che portano la soma, son degni d'escusazione, perché hanno più del cavallo, mulo ed asino che de l'uomo; ma accuso tutti gli altri, li quali hanno un pochettino del razionale, e sono, più che gli predetti, ad imagine e similitudine de l'uomo: ed in luoco di donarte il buon giorno o buona sera, dopo averti fatto un grazioso volto, come ti conoscessero e ti volessero salutare, ti verranno a donar una scossa bestiale. Accuso, dico, quell'altri, i quali talvolta fingendo di fuggire, o voler perseguitare alcuno, o correre a qualche negocio necessario, se spiccano da dentro una bottega; e con quella furia ti verranno da dietro o da costa a donar quella spinta che può donar un toro quando è stizzato, come pochi mesi fa accadde ad un povero messer Alessandro Citolino; al quale, in cotal modo, con riso e piacer di tutta la piazza, fu rotto e fracassato un braccio, al che volendo poi provedere il magistrato, non trovò manco che tal cosa avesse possuto accadere in quella piazza. Sì che, quando ti piace uscir di casa, guarda prima di farlo senza urgente occasione, che non pensassi come di voler andar per la città a spasso. Poi sègnati col segno de la santa croce, àrmati di una corazza di pazienza, che possa stare a prova d'archibugio, e disponeti sempre a comportar il manco male liberamente, se non vuoi comportar il peggio per forza. Ma di che devi lamentarti, ahi lasso? Ti par ignobiltà l'essere un animale urtativo? Non ti ricordi, Nolano, di quel ch'è scritto nel tuo libro intitolato *L'arca di Noè*? Ivi, mentre si dovean disponere questi animali per ordine, e doveasi terminar la lite nata per le precedenze, in quanto pericolo è stato l'asino di perdere la preeminenza, che consistea nel seder in poppa de l'arca, per essere un animal più tosto di calci che di urti? Per quali animali si rapresenta la nobiltà del geno umano nell'orrido giorno del giudizio, eccetto che per gli agnelli e gli capretti? Or questi son que' virili, intrepidi ed animosi, de' quali gli uni da gli altri non saran divisi, come *oves ab haedis*; ma, qual più venerandi, feroci ed urtativi, saran distinti, come gli padri de gli agnelli da' padri di capretti. Di questi però i primi nella corte celestiale hanno quel favore, che non hanno gli secondi; e se non il credete, alzate un poco gli occhi, e guardate chi è stato posto per capo de la vanguardia di segni celesti: chi è quello, che con la sua cornipotente scossa ne apre l'anno?

PRU. *Aries primo; post ipsum, Taurus.*

TEO. Appresso a questo gran capitano e primiero prencipe de le mandre, chi è stato degno d'essergli prossimo e secondo, eccetto ch'il granduca de gli armenti, a cui s'aggiongono, come per doi paggi o doi Ganimedi, que' bei gemegli garzoni? Considerate dunque, quale e quanta sia cotal razza di persone, che tengono il primato altrove che dentro un'arca infracidita.

FRU. Certo, non saprei trovar differenza alcuna tra costoro e quel geno d'animali, eccetto che quelli urtano di testa ed essi urtano di spalla ancora. Ma, lasciate queste digressioni, e tornate al proposito di quel ch'avvenne in questo residuo del viaggio, in questa sera.

TEO. Or dopo ch'il Nolano ebbe riscosse da vinti in circa di queste spuntonate, particolarmente alla piramide vicina al palazzo in mezzo di tre strade, ne si ferno incontro sei galantuomini, de' quali uno gli ne dié una sì gentile e gorda, che sola possea passar per diece; e gli ne fe' donar un'altra al muro, che possea certo valer per altre dice. Il Nolano disse: - *Tanchi, maester* -. Credo che lo ringraziasse perché li dié di spalla, e non di quella punta ch'è posta per centro del brocchiero o per cimiero de la testa. Questa fu l'ultima borasca; perché poco oltre, per la grazia di San Fortunnio, dopo aver discorsi sì mal triti sentieri, passati sì dubbiosi divertigli, varcati sì rapidi fiumi, tralasciati sì arenosi lidi, superati sì limosi fanghi, spaccati sì turbidi pantani, vestigate sì pietrose lave, trascorse sì lubriche strade, intoppato in sì ruvidi sassi, urtato in sì perigliosi scogli, gionsemo per grazia del cielo vivi al porto, *idest* alla porta; la quale, subito toccata, ne fu apperta. Entrammo, trovammo a basso de molti e diversi personaggi, diversi e molti servitori i quali, senza cessar, senza chinar la testa e senza segno alcun di riverenza, mostrandone spreggiar co' la sua gesta, ne ferno questo favore de monstrarne la porta. Andiamo dentro, montamo su, trovamo che, dopo averci molto aspettato, desperatamente s'erano posti a tavola a sedere. Dopo fatti i saluti e i resaluti -

PRU. *Vicissim.*

TEO. ...ed alcuni altri piccoli ceremoni (tra' quali vi fu questo da ridere, che ad un de' nostri essendo presentato l'ultimo loco, e lui pensando che là fusse il capo, per umiltà voleva andar a seder dove sedeva il primo; e qua si fu un picciol pezzo di tempo in contrasto tra quelli che per cortesia lo voleano far sedere ultimo, e colui che per umiltà volea seder il primo); in conclusione, messer Florio seddé a viso a viso d'un cavalliero, che sedeva al capo de la tavola; il signor Folco a destra de messer Florio; io e il Nolano a sinistra de messer Florio; il dottor Torquato a sinistra del Nolano; il dottor Nundinio a viso a viso del Nolano. Qua, per grazia di Dio, non viddi il ceremonio di quell'urciuolo o becchieri, che suole passar per la tavola a mano a mano, da alto a basso, da sinistra a destra, ed altri lati, senza altro ordine che di conoscenza e cortesia da montagne; il quale, dopo che quel, che mena il ballo, se l'ha tolto di bocca, e lasciatovi quella impannatura di pinguedine, che può ben servir per colla, appresso beve questo e vi lascia una mica di pane, beve quell'altro e v'affigge all'orlo un frisetto di carne, beve costui e vi scrolla un pelo de la barba; e cossì, con bel disordine, gustandosi da tutti la bevanda, nessuno è tanto malcreato, che non vi lasse qualche cortesia de le reliquie, che tiene circa il mustaccio. Or, se a qualcuno, o perché non abbia stomaco, o perché faccia del grande, non piacesse di bere, basta che solamente se l'accoste tanto a la bocca, che v'imprima un poco di vestigio de le sue labbra ancora. Questo si fa a fine, che sicome tutti son convenuti a farsi un carnivoro lupo col mangiar d'un medesmo corpo d'agnello, di capretto, di montone o di un Grunnio Corocotta; cossì, applicando tutti la bocca ad un medesimo bocale, venghino a farsi una sanguisuga medesima, in segno d'una urbanità, una fratellanza, un morbo, un cuore, un stomaco, una gola e una bocca. E ciò si pone in effetto con certe gentilezze e bagattelle, che è la più bella comedia del mondo a vederlo, e la più cruda e fastidiosa tragedia a trovarvisi un galantuomo in mezzo, quando stima esser ubligato a far, come fan gli altri, temendo esser tenuto incivile e discortese; perché qua consiste tutto il termine della civilità e cortesia. Ma, perché questa osservanza è rimasta nelle più basse tavole, e in queste altre non si trova oltre, se non con certa raggione più veniale, per tanto, senza guardare ad altro, lasciamoli cenare; e domani parlaremo di quel ch'occorse dopo cena.

SMI. A rivederci.

FRU. A Dio.

PRU. *Valete*.

FINE DEL SECONDO DIALOGO

DIALOGO TERZO

TEO. Or il dottor Nundinio, dopo essersi posto in punto de la persona, rimenato un poco la schena, poste le due mani su la tavola, riguardatosi un poco *circum circa*, accomodatosi alquanto la lingua in bocca, rasserenati gli occhi al cielo, spiccato dai denti un delicato risetto e sputato una volta, comincia in questo modo:

PRU. *In haec verba, in hosce prorupit sensus.*

PRIMA PROPOSTA DI NUNDINIO.

TEO. - *Intelligis, domine, quae diximus?* - E gli dimanda, s'intendea la lingua inglesa. Il Nolano rispose che no, e disse il vero.

FRU. Meglio per lui, perché intenderebbe più cose dispiacevoli e indegne, che contrarie a queste. Molto giova esser sordo per necessità, dove la persona sarebbe sorda per elezione. Ma facilmente mi persuaderei che lui la intenda; ma per non togliere tutte l'occasioni, che se gli porgeno per la moltitudine de gli incivili rancontri, e per posser meglio filosofare circa i costumi di quei che gli se fanno innanzi, finga di non intendere.

PRU. *Surdorum alii natura, alii physico accidente, alii rationali voluntate.*

TEO. Questo non v'imaginate de lui; perché, benché sii appresso un anno, che ha pratticato in questo paese, non intende più che due o tre ordinariissime paroli; le quali sa che sono salutazioni, ma non già particolarmente quel che voglian dire: e di quelle, se lui ne volesse proferire una, non potrebbe.

SMI. Che vol dire, ch'ha sì poco pensiero d'intendere nostra lingua?

TEO. Non è cosa che lo costringa o che l'inclini a questo; perché coloro, che son onorati e gentiluomini, co' li quali lui suol conversare, tutti san parlare o latino o francese o spagnolo o italiano; i quali, sapendo che la lingua inglesa non viene in uso se non dentro quest'isola, se stimarebbono salvatici, non sapendo altra lingua che la propria naturale.

SMI. Questo è vero per tutto, ch'è cosa indegna non solo ad un ben nato inglese, ma ancora di qualsivoglia altra generazione, non saper parlare più che una lingua. Pure in Inghilterra, come son certo che anco in Italia e Francia, son molti gentilomini di questa condizione, coi quali chi non ha la lingua del paese, non può conversare senza quella angoscia che sente un che si fa, ed a cui è fatto interpretare.

TEO. È vero che ancora son molti, che non son gentilomini d'altro che di razza, i quali per più loro, e nostro espediente, è bene che non siano intesi, né visti ancora.

33

SMI. Che soggionse il dottor Nundinio?

TEO. - Io dunque - disse in latino - voglio interpretarvi quello che noi dicevamo: che è da credere, il Copernico non esser stato d'opinione, che la terra si movesse, perché questa è una cosa inconveniente ed impossibile; ma che lui abbia attribuito il moto a quella, più tosto che al cielo ottavo, per la comodità de le supputazioni. - Il nolano disse, che, se Copernico per questa causa sola disse la terra moversi, e non ancora per quell'altra, lui ne intese poco e non assai. Ma è certo, che il Copernico la intese come la disse, e con tutto suo sforzo la provò.

SMI. Che vuol dir, che costoro sì vanamente buttorno quella sentenza su l'opinione di Copernico, se non la possono raccogliere da qualche sua proposizione?

TEO. Sappi che questo dire nacque dal dottor Torquato; il quale di tutto il Copernico (benché posso credere che l'avesse tutto voltato) ne avea retenuto il nome de l'autore, del libro, del stampatore, del loco ove fu impresso, de l'anno, il numero de' quinterni e de le carte; e per non essere ignorante in gramatica, avea intesa certa Epistola superliminare attaccata non so da chi asino ignorante e presuntuoso; il quale (come volesse iscusando faurir l'autore, o pur a fine che anco in questo libro gli altri asini, trovando ancora le sue lattuche e frutticelli, avessero occasione di non partirsene a fatto deggiuni), in questo modo le avvertisce, avanti che cominciano a leggere il libro e considerar le sue sentenze.

«Non dubito, che alcuni eruditi», (ben disse alcuni, de' quali lui può esser uno), «essendo già divolgata la fama de le nove supposizioni di questa opera, che vuole la terra esser mobile ed il sole starsi saldo e fisso in mezzo de l'universo, non si sentano fortemente offesi, stimando che questo sia un principio per ponere in confusione l'arte liberali già tanto bene e in tanto tempo poste in ordine. Ma, se costoro vogliono meglio considerar la cosa, trovaranno, che questo autore non è degno di riprensione; perché è proprio agli astronomi raccôrre diligente- e artificiosamente l'istoria di moti celesti; non possendo poi per raggione alcune trovar le vere cause di quelli, gli è lecito di fengersene e formarsene a sua posta per principii di geometria, mediante i quali tanto per il passato, quanto per avenire si possano calculare; onde non solamente non è necessario, che le supposizioni siino vere, ma né anco verisimili. Tali denno esser stimate l'ipotesi di questo uomo, eccetto se fusse qualcuno tanto ignorante de l'optica e geometria, che creda, che la distanza di quaranta gradi e più, la quale acquista Venere discostandosi dal sole or da l'una or da l'altra parte, sii caggionata dal movimento suo ne l'epiciclo. Il che se fusse vero, chi è sì cieco, che non veda quel che ne seguirebbe contra ogni esperienza: che il diametro de la stella apparirebbe quattro volte, ed il corpo de la stella più di sedici volte più grande quando è vicinissima, ne l'opposito de l'auge, che quando è lontanissima, dove se dice essere in auge? Vi sono ancora de altre supposizioni non meno inconvenienti che questa, quali non è necessario riferire.» E conclude al fine: «Lasciamoci dunque prendere il tesoro di queste supposizioni, solamente per la facilità mirabile ed artificiosa del computo; perché, se alcuno queste cose fente prenderà per vere, uscirrà più stolto da questa disciplina, che non v'è entrato».

Or vedete, che bel portinaio! Considerate quanto bene v'apra la porta per farvi entrar alla participazion di quella onoratissima cognizione, senza la quale il saper computare e misurare e geometrare e perspettivare non è altro che un passatempo da pazzi ingeniosi. Considerate come fidelmente serve al padron di casa.

Al Copernico non ha bastato dire solamente, che la terra si move; ma ancora protesta e conferma quello scrivendo al Papa, e dicendo che le opinioni di filosofi son molto lontane da quelle del volgo, indegne d'essere seguitate, degnissime d'esser fugite, come contrarie al vero e dirittura. Ed altri molti espressi indizii porge de la sua sentenza; non ostante ch'alfine par, ch'in certo modo vuole a comun giudizio tanto di quelli che intendeno questa filosofia, quanto degli altri, che son puri matematici, che, se per gli apparenti inconvenienti non piacesse tal supposizione, conviene ch'anco a lui sii concessa libertà di ponere il moto de la terra, per far demostrazioni più ferme di quelle, ch'han fatte gli antichi, i quali furno liberi nel fengere tante sorte e modelli di circoli, per dimostrar gli fenomeni de gli astri. Da le quale paroli non si può raccôrre, che lui dubiti di quello che sì constantemente ha confessato, e provarà nel primo libro, sufficientemente respondendo ad alcuni argomenti di quei che stimano il contrario; dove non solo fa ufficio di matematico che suppone, ma anco de fisico che dimostra il moto de la terra.

Ma certamente al Nolano poco se aggionge, che il Copernico, Niceta Siracusano Pitagorico, Filolao, Eraclide di Ponto, Ecfanto Pitagorico, Platone nel Timeo, benché timida- ed inconstantemente, perché l'avea più per fede che per scienza, ed il divino Cusano nel secondo suo libro *De la dotta ignoranza*, ed altri in ogni modo rari soggetti l'abbino detto, insegnato e confirmato prima: perché lui lo tiene per altri proprii e più saldi principii, per i quali, non per autoritate ma per vivo senso e raggione, ha cossì certo questo come ogni altra cosa che possa aver per certa.

SMI. Questo è bene. Ma, di grazia, che argumento è quello, che apporta questo superliminario del Copernico, perché gli pare ch'abbia più che qualche verisimilitudine (se pur non è vero), che la stella di Venere debba aver tanta varietà di grandezza, quanta n'ha di distanza?

TEO. Questo pazzo, il quale teme ed ha zelo che alcuni impazzano con la dottrina del Copernico, non so se ad un bisogno avrebe possuto portar più inconvenienti di quello, che per aver apportato con tanta solennità, stima sufficiente a dimostrar, che pensar quello sii cosa da un troppo ignorante d'optica e geometria. Vorrei sapere de quale optica e geometria intende questa bestia, che mostra pur troppo quanto sii ignorante de la vera optica e geometria lui e quelli da' quali ave imparato. Vorrei sapere come da la grandezza de' corpi luminosi si può inferir la raggione de la propinquità e lontananza di quelli; e per il contrario, come da la distanza e propinquità di corpi simili si può inferire qualche proporzionale varietà di grandezza. Vorrei sapere con qual principio di prospettiva o di optica noi da ogni varietà di diametro possiamo definitamente conchiudere la giusta distanza o la maggior e minor differenza. Desiderarei intendere si noi facciamo errore, che poniamo questa conclusione: da l'apparenza de la quantità del corpo luminoso non possiamo inferir la verità de la sua grandezza né di sua distanza; perché, sì come non è medesma raggione del corpo opaco e corpo luminoso, cossì non è medesma raggione d'un corpo men luminoso ed altro più luminoso e altro luminosissimo, acciò possiamo giudicare la grandezza o ver la distanza loro. La mole d'una testa d'uomo a due miglia non si vede; quella molto più piccola de una lucerna, o altra cosa simile di fiamma, si vedrà senza molta differenza (se pur con differenza) discosta sessanta miglia; come da Otranto di Puglia si veggono al spesso le candele d'Avellona, tra' quai paesi tramezza gran tratto del mare Jonio. Ognuno, che ha senso e raggione, sa che, se le lucerne fussero di lume più perspicuo a doppia proporzione, come ora son viste ne la distanza di settanta miglia, senza variar grandezza, si vedrebbono ne la distanza di cento quaranta miglia; a tripla di ducento e diece; a quatrupla di ducento ottanta, medesmamente sempre giudicando ne l'altre addizioni di proporzioni e gradi; perché più presto da la qualità e intensa virtù de la luce, che da la quantità del corpo acceso, suole mantenersi la raggione del medesmo diametro e mole del corpo. Volete dunque, o saggi optici ed accorti perspettivi che, se io veggo un lume distante cento stadii, aver quattro dita di diametro, sarà raggione che, distante cinquanta stadii, debbia averne otto; a la distanza di vinticinque, sedici; di dodici e mezzo, trentadue; e cossì va discorrendo, sin tanto che, vicinissimo, venghi ad essere di quella grandezza che pensate?

SMI. Tanto che secondo il vostro dire, benché sii falsa, non però potrà essere improbata, per le raggioni geometrice, la opinione di Eraclito Efesio, che disse il sole essere di quella grandezza, che s'offre agli occhi; al quale sottoscrisse Epicuro, come appare ne la sua *Epistola a Sofocle*; e ne l'undecimo libro *De natura*, come referisce Diogene Laerzio, dice che, per quanto lui può giudicare, la grandezza del sole, de la luna e d'altre stelle è tanta quanta a' nostri sensi appare; perché, dice, se per la distanza perdessero la grandezza, a più raggione perderebbono il colore; e certo, dice, non altrimente doviamo giudicare di que' lumi, che di questi, che sono appresso noi.

PRU. *Illud quoque epicureus Lucretius testatur quinto* De natura *libro:*

Nec nimio solis maior rota, nec minor ardor

esse potest, nostris quam sensibus esse videtur.

Nam quibus e spaciis cumque ignes lumina possunt

adiicere et calidum membris adflare vaporem,

illa ipsa intervalla nihil de corpore libant

flammarum, nihilo ad speciem est contractior ignis.

Lunaque sive Notho fertur loca lumine lustrans,

sive suam proprio iactat de corpore lucem.

quicquid id est, nihilo fertur maiore figura.

Postremo quoscumque vides hinc aetheris ignes,

dum tremor est clarus, dum cernitur ardor eorum,

scire licet perquam pauxillo posse minores

esse, vel exigua maiores parte brevique,

quandoquidem quoscumque in terris cernimus ignes,

perparvum quiddam interdum mutare videntur

alterutram in partem filum, cum longius absint.

TEO. Certo, voi dite bene, che con l'ordinarie e proprie raggioni invano verranno i perspettivi e geometri a disputar con Epicurei; non dico gli pazzi, qual è questo luminare del libro di Copernico, ma di quelli più saggi ancora; e veggiamo come potran concludere, che a tanta distanza, quanta è il diametro de l'epiciclo di Venere, si possa inferir raggione di tanto diametro del corpo del pianeta, ed altre cose simili.

Anzi, voglio avertirvi d'un'altra cosa. Vedete quanto è grande il corpo de la terra? Sapete, che di quello non possiamo veder se non quanto è l'orizonte artificiale?

SMI. Cossì è.

TEO. Or, credete voi che, se vi fusse possibile di retirarvi fuor de l'universo globo de la terra in qualche punto de l'eterea regione, sii dove si vuole, che mai avverrebbe che la terra vi paia più grande?

SMI. Penso di non; perché non è raggione alcuna, per la quale de la mia vista la linea visuale debba esser forte più ed allungar il semidiametro suo, che misura il diametro de l'orizonte.

TEO. Bene giudicate. Però è da credere, che, discostandosi più l'orizonte, sempre si disminuisca. Ma con questa diminuzione de l'orizonte notate che ne si viene ad aggiongere la confusa vista di quello che è oltre il già compreso orizonte; come si può mostrare nella presente figura [fig. 1] dove l'orizonte artificiale è 1-1, al quale risponde l'arco del globo *A A*; l'orizonte de la prima diminuzione è 2-2, al quale risponde l'arco del globo *B B*; l'orizonte de la terza diminuzione è 3-3, al quale risponde l'arco *C C*; l'orizonte de la quarta diminuzione è 4-4, al quale risponde l'arco *D D*. E cossì oltre, attenuandosi l'orizonte, sempre crescerà la comprensione de l'arco, insino alla linea emisferica ed oltre. Alla quale distanza, o circa quale posti, vedreimo la terra con quelli medesmi accidenti coi quali veggiamo la luna aver le parti lucide ed oscure, secondo che la sua superficie è aquea e terrestre. Tanto che, quanto più se strenge l'angolo visuale, tanto la base maggiore si comprende de l'arco emisferico, e tanto ancora in minor quantità appare l'orizonte; il qual vogliamo che tutta via perseveri a chiamarsi orizonte, benché, secondo la consuetudine, abbia una sola propria significazione. Allontanandoci dunque, cresce sempre la comprensione de l'emisfero ed il lume; il quale, quanto più il diametro si disminuisce, tanto d'avantaggio si viene a riunire; di sorte che, se noi fussemo più discosti da la luna, le sue macchie sarrebono sempre minori, sin alla vista d'un corpo piccolo e lucido solamente.

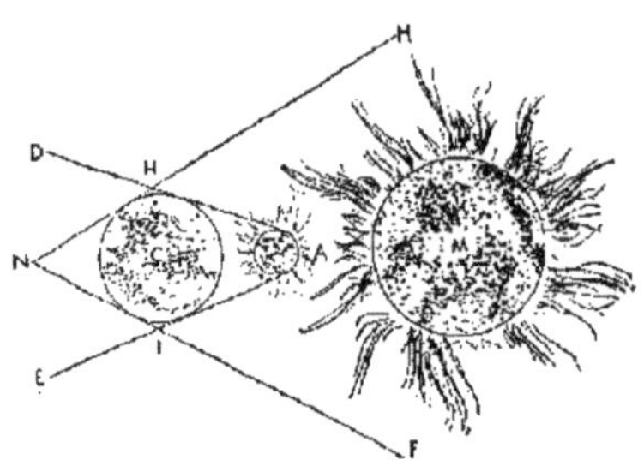

SMI. Mi par aver intesa cosa non volgare e non di poca importanza. Ma, di grazia, vengamo al proposito de l'opinion di Eraclito ed Epicuro; la qual dite che può star costante contra le raggioni perspettive, per il difetto de' principii già posti in questa scienza. Or, per scuoprir questi difetti, e veder qualche frutto de la vostra invenzione, vorrei intendere la risoluzione di quella raggione, co' la quale molto demostrativamente si prova ch'il sole non solo è grande, ma anco più grande che la terra. Il principio della qual raggione è, che il corpo luminoso maggiore, spargendo il suo lume in un corpo opaco minore, de l'ombra conoidale produce la base in esso corpo opaco, ed il cono, oltre quello, ne la parte opposita: come, ne la seguente figura [fig.2], *M* corpo lucido dalla base di *C*, la quale è terminata per *H I*, manda il cono de l'ombra ad *N* punto. Il corpo luminoso minore, avendo formato il cono nel corpo opaco maggiore, non conoscerà determinato loco, ove raggionevolmente possa designarsi la linea de la sua base; e par che vada a formar una conoidale infinita; come quella medesma figura A, corpo lucido, dal cono de l'ombra ch'è in *C*, corpo opaco, manda quelle due linee *H D*, *I E*, le quali, sempre più e più dilatando la ombrosa conoidale, più tosto correno in infinito, che possino trovar la base che le termini.

La conclusione di questa raggione è, che il sole è corpo più grande che la terra, perché manda il cono de l'ombra di quella sin appresso alla sfera di Mercurio, e non passa oltre. Che se il sole fusse corpo lucido minore, bisognarebbe giudicare altrimente: onde seguitarebbe che, trovandosi questo luminoso corpo ne l'emisfero inferiore, verrebbe oscurato il nostro cielo in più gran parte che illustrato, essendo dato o concesso, che tutte le stelle prendeno lume da quello.

TEO. Or vedete, come un corpo luminoso minore può illuminare più della mittà d'un corpo opaco più grande. Dovete avvertire quello che veggiamo per esperienza. Posti dui corpi, de' quali l'uno è opaco e grande, come *A*, l'altro piccolo lucido, come *N*, se sarà messo il corpo lucido nella minima e prima distanza, come è notato nella seguente figura [fig.3], verrà ad illuminare secondo la raggione de l'arco piccolo *C D*, stendendo la linea B₁. Se sarà messo nella seconda distanza maggiore, verrà ad illuminare secondo la raggione de l'arco maggiore *E F*, stendendo la linea B₂; se sarà nella terza e maggior distanza, terminarà secondo la raggione de l'arco più grande *G H*, terminato dalla linea B₃. Dal che si conchiude che può avvenire che il corpo lucido *N*, servando il vigore di tanta lucidezza che possa penetrare tanto spacio, quanto a simile effetto si richiede, potrà, col molto discostarsi, comprendere al fine arco maggior che il semicircolo; atteso che non è raggione che quella lontananza, ch'ha ridutto a tale il corpo lucido che comprenda il semicircolo, non possa oltre promoverlo a comprendere di vantaggio. Anzi vi dico de più, che, essendo ch'il corpo lucido non perde il suo diametro se non tardissima- e difficilissimamente, e il corpo opaco, per grande che sia, facilissimamente e improporzionalmente il perde; però, sì come per progresso de distanza dalla corda minore *C D* è andato a terminare la corda maggiore *E F* e poi la massima *G H*, la quale è diametro; cossì, crescendo più e più la distanza, terminarà l'altre corde minori oltre il diametro, sin tanto ch'il corpo opaco tramezzante non impedisca la reciproca vista de gli corpi diametralmente opposti. E la causa di questo è, che l'impedimento, che dal diametro procede, sempre con esso diametro si va disminuendo più e più, quanto l'angolo *B* si rende più acuto. Ed è necessario al fine, che l'angolo sii tanto acuto (perché nella fisica divisione d'un corpo finito è pazzo chi crede farsi progresso in infinito, o l'intenda in atto o in potenza) che non sii più angolo, ma una linea, per la quale dui corpi visibili opposti possono essere alla vista l'un de l'altro, senza che in punto alcuno, quel ch'è in mezzo, vaglia impedire; essendo che questo ha persa ogni proporzionalità e differenza diametrale, la quale nei corpi lucidi persevera. Però si richiede che il corpo opaco, che tramezza, ritegna tanta distanza da l'un e l'altro, per quanta possa aver persa la detta proporzione e

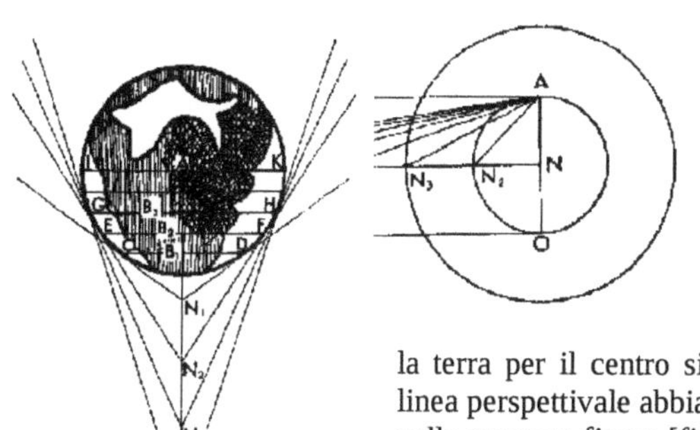

differenza del suo diametro: come si vede ed è osservato nella terra; il cui diametro non impedisce, che due stelle diametralmente opposte si veggano l'una l'altra, cossì come l'occhio, senza differenza alcuna, può veder l'una e l'altra dal centro emisferico N e dalli punti de la circonferenza $A\ N\ O$ (avendoti imaginato in tal bisogno, che la terra per il centro sii divisa in due parte uguali a fin ch'ogni linea perspettivale abbia il loco). Questo si fa manifesto facilmente nella presente figura [fig.4]. Dove, per quella raggione che la linea $A\ N$, essendo diametro, fa l'angolo retto ne la circonferenza; dove è il secondo loco, lo fa acuto; nel terzo più acuto; bisogna ch'al fine dovenghi a l'acutissimo, ed al fine a quel termine che non appaia più angolo, ma linea; e per conseguenza è destrutta la relazione e differenze del semidiametro; e per medesma raggione la differenza del diametro intiera $A\ O$ si destruggerà. Là onde al fine è necessario che dui corpi più luminosi, i quali non sì tosto perdeno il diametro, non saranno impediti per non vedersi reciprocamente; non essendo il lor diametro svanito, come quello di non lucido o men luminoso corpo tramezzante. Concludesi, dunque, che un corpo maggiore, il quale è più atto a perdere il suo diametro, benché stia per linea rettissima al mezzo, non impedirà la prospettiva di dui corpi quantosivoglia minori, pur che serbino il diametro della sua visibilità, il quale nel più gran corpo è perso. Qua, per disrozzir uno ingegno non troppo sullevato, a fin che possa facilmente introdurse a comprendere la apportata raggione e per ammollar al possibile la dura apprensione, fategli esperimentare ch'avendosi posto un stecco vicino a l'occhio, la sua vista sarà di tutto impedita a veder il lume de la candela posta in certa distanza: al qual lume quanto più si viene accostando il stecco, allontanandosi da l'occhio, tanto meno impedirà detta veduta, sin tanto che, essendo sì vicino e gionto al lume, come prima già era vicino e gionto a l'occhio, non impedirà forse tanto quanto il stecco è largo.

Or giongi a questo, che ivi rimagna il stecco, ed il lume altrettanto si discoste: verrà il stecco ad impedir molto meno. Cossì, più e più aumentando l'equidistanza de l'occhio e del lume dal stecco, al fine, senza sensibilità alcuna del stecco, vedrai il lume solo. Considerato questo, facilmente quantosivoglia grosso intelletto potrà essere introdutto ad intendere quel che poco avanti è detto.

SMI. Mi par, quanto al proposito, mi debba molto essere satisfatto; ma mi rimane ancora una confusione nella mente, quanto a quel che prima dicesti: come noi, alzandoci da la terra e perdendo la vista de l'orizonte, di cui il diametro sempre più e più si va attenuando, vedreimo questo corpo essere una stella. Vorrei che a quel tanto ch'avete detto, aggiongessivo qualche cosa circa questo, essendo che stimate molte essere terre simili a questa, anzi innumerabili; e mi ricordo de aver visto il Cusano, di cui il giodizio so che non riprovate, il quale vuole che anco il sole abbia parti dissimilari, come la luna e la terra; per il che dice che, se attentamente fissaremo l'occhio al corpo di quello, vedremo in mezzo di quel splendore, più circonferenziale che altrimente, aver notabilissima opacità.

TEO. Da lui divinamente detto e inteso, e da voi assai lodabilmente applicato. Se mi recordo, io ancor poco fa dissi che, - per tanto che il corpo opaco perde facilmente il diametro, il lucido difficilmente, - avviene che per la lontananza s'annulla e svanisce l'apparenza de l'oscuro; e quella de l'illuminato diafano, o d'altra maniera lucido, si va come ad unire; e di quelle parti lucide disperse si forma una visibile continua luce. Però, se la luna fusse più lontana, non eclissarebbe il sole; e facilmente potrà ogni uomo che sa considerare in queste cose che quella più lontana sarebbe ancor più luminosa; nella quale se noi fussemo, non sarrebe più luminosa a gli occhi nostri; come, essendo in questa terra, non veggiamo quel suo lume che porge a quei che sono ne la luna, il quale forse è maggior di quello, che lei ne rende per i raggi del sole nel suo liquido cristallo diffusi. Della luce particolare del sole non so per il presente, se si debba giudicar secondo il medesmo modo, o altro. Or vedete sin quanto siamo trascorsi da quella occasione; mi par tempo di rivenire all'altre parti del nostro proposito.

SMI. Sarà bene de intendere l'altre pretensioni, le quali lui ha possute apportare.

LA TERZA PROPOSTA DEL DOTTOR NUNDINIO.

TEO. Disse appresso Nundinio, che non può essere verisimile che la terra si muove, essendo quella il mezzo e centro de l'universo, al quale tocca essere fisso e costante fundamento d'ogni moto. Rispose il Nolano, che questo medesmo può dir colui che tiene il sole essere nel mezzo de l'universo, e per tanto inmobile e fisso, come intese il Copernico ed altri molti, che hanno donato termine circonferenziale a l'universo; di sorte che questa sua raggione (se pur è raggione) è nulla contra quelli, e suppone i proprii principii. È nulla anco contra il Nolano, il quale vuole il mondo essere infinito, e però non esser corpo alcuno in quello, al quale simplicemente convegna essere nel mezzo, o nell'estremo, o tra que' dua termini, ma per certe relazioni ad altri corpi e termini intenzionalmente appresi.

SMI. Che vi par di questo?

TEO. Altissimamente detto; perché, come di corpi naturali nessuno si è verificato semplicemente rotondo, e per conseguenza aver semplicemente centro, cossì anco de' moti, che noi veggiamo sensibile- e fisicamente ne' corpi naturali, non è alcuno, che di gran lunga non differisca dal semplicemente circulare e regolare circa qualche centro; fòrzensi quantosivoglia color, che fingono queste borre ed empiture de orbi disuguali, di diversità de diametri ed altri empiastri e recettarii per medicar la natura sin tanto che venga, al servizio di maestro Aristotele o d'altro, a conchiudere che ogni moto è continuo e regolare circa il centro. Ma noi, che guardamo non a le ombre fantastiche, ma a le cose medesme; noi che veggiamo un corpo aereo, etereo, spirituale, liquido, capace loco di moto e di quiete, sino immenso e infinito, - il che dovamo affermare almeno, perché non veggiamo fine alcuno sensibilmente né razionalmente, - sappiamo certo che, essendo effetto e principiato da una causa infinita e principio infinito, deve, secondo la capacità sua corporale e modo suo, essere infinitamente infinito. E son certo che non solamente a Nundinio, ma ancora a tutti i quali sono professori de l'intendere non è possibile giamai di trovar raggione semiprobabile, per la quale sia margine di questo universo corporale, e per conseguenza ancora li astri, che nel suo spacio si contengono, siino di numero finito; ed oltre, essere naturalmente determinato centro e mezzo di quello.

SMI. Or Nundinio aggiunse qualche cosa a questo? Apportò qualche argomento o verisimilitudine per inferire che l'universo prima sii finito; secondo, che abbia la terra per suo mezzo; terzo, che questo mezzo sii in tutto e per tutto inmobile di moto locale?

TEO. Nundinio, come colui che quello che dice, lo dice per una fede e per una consuetudine, e quello che niega, lo niega per una dissuetudine e novità, come è ordinario di que' che poco considerano e non sono superiori alle proprie azioni tanto razionali quanto naturali, rimase stupido e

40

attonito, come quello a cui di repente appare nuovo fantasma. Come quello poi, che era alquanto più discreto e men borioso e maligno ch'il suo compagno, tacque; e non aggiunse paroli, ove non posseva aggiongere raggioni.

FRU. Non è cossì il dottor Torquato, il quale o a torto o a raggione, o per Dio o per il diavolo, la vuol sempre combattere; quando ha perso il scudo da defendersi e la spada da offendere; dico, quando non ha più risposta, né argumento, salta ne' calci de la rabbia, acuisce l'unghie de la detrazione, ghigna i denti delle ingiurie, spalanca la gorgia dei clamori, a fin che non lascie dire le raggioni contrarie e quelle non pervengano a l'orecchie de' circostanti, come ho udito dire.

SMI. Dunque non disse altro?

TEO. Non disse altro a questo proposito, ma entrò in un'altra proposta.

QUARTA PROPOSTA DEL NUNDINIO.

Perché il Nolano, per modo di passaggio, disse essere terre innumerabili simile a questa, or il dottor Nundinio, come bon disputante, non avendo che cosa aggiongere al proposito, comincia a dimandar fuor di proposito; e da quel che diceamo della mobilità o immobilità di questo globo, interroga della qualità degli altri globi, e vuol sapere di che materia fusser quelli corpi, che son stimati di quinta essenzia, d'una materia inalterabile e incorrottibile, di cui le parti più dense son le stelle.

FRU. Questa interrogazione mi par fuor di proposizio benché io non m'intendo di logica.

TEO. Il Nolano, per cortesia, non gli volse improperar questo; ma, dopo avergli detto che gli arebbe piaciuto che Nundinio seguitasse la materia principale, o che interrogasse circa quella, gli rispose che li altri globi, che son terre, non sono in punto alcuno differenti da questo in specie; solo in esser più grandi e piccioli, come ne le altre specie d'animali per le differenze individuali accade inequalità; ma quelle sfere, che son foco come è il sole, per ora, crede che differiscono in specie, come il caldo e freddo, lucido per sé e lucido per altro.

SMI. Perché disse creder questo per ora, e non lo affirmò assolutamente?

TEO. Temendo che Nundinio lasciasse ancora la questione, che novamente aveva tolta, e si afferrasse ed attaccasse a questa. Lascio che, essendo la terra un animale, e per conseguenza un corpo dissimilare, non deve esser stimata un corpo freddo per alcune parti, massimamente esterne, eventilate da l'aria; che per altri membri, che son gli più di numero e di grandezza, debba esser creduta e calda e caldissima; lascio ancora che, disputando con supponere in parte i principii de l'adversario, il quale vuol essere stimato e fa professione di peripatetico, ed in un'altra parte i principii proprii, e gli quali non son concessi, ma provati, la terra verrebbe ad esser cossì calda, come il sole in qualche comparazione.

SMI. Come questo?

TEO. Perché, per quel che abbiamo detto, dal svanimento delle parti oscure ed opache del globo e dalla unione delle parti cristalline e lucide si viene sempre alle reggioni più e più distante a

41

diffondersi più e più di lume. Or se il lume è causa del calore (come, con esso Aristotele, molti altri affermano, i quali vogliono che anco la luna ed altre stelle per maggior e minor participazione di luce son più e meno calde; onde, quando alcuni pianeti son chiamati freddi, vogliono che se intenda per certa comparazione e rispetto), avverrà che la terra co' gli raggi, che ella manda alle lontane parti de l'eterea reggione, secondo la virtù della luce venghi a comunicar altrettanto di virtù di calore. Ma a noi non costa che una cosa per tanto che è lucida sii calda, perché veggiamo appresso di noi molte cose lucide, ma non calde. Or, per tornare a Nundinio, ecco che comincia a mostrar i denti, allargar le mascelle, strenger gli occhi, rugar le ciglia, aprir le narici e mandar un crocito di cappone per la canna del polmone, acciò che con questo riso gli circostanti stimassero che lui la intendeva bene, lui avea raggione, e quell'altro dicea cose ridicole.

FRU. E che sia il vero, vedete come lui se ne rideva?

TEO. Questo accade a quello, che dona confetti a porci. Dimandato perché ridesse, rispose che questo dire e imaginarsi che siino altre terre, che abbino medesme proprietà ed accidenti, è stato tolto dalle *Vere narrazioni* di Luciano.

Rispose il Nolano, che se, quando Luciano disse la luna essere un'altra terra cossì abitata e colta come questa, venne a dirlo per burlarsi di que' filosofi che affermorno essere molte terre (e particolarmente la luna, la cui similitudine con questo nostro globo è tanto più sensibile, quanto è più vicina a noi), lui non ebbe raggione, ma mostrò essere nella comone ignoranza e cecità; perché, se ben consideriamo, trovarremo la terra e tanti altri corpi, che son chiamati astri, membri principali de l'universo, come danno la vita e nutrimento alle cose che da quelli toglieno la materia, ed a' medesmi la restituiscano, cossì e molto maggiormente, hanno la vita in sé; per la quale, con una ordinata e natural volontà, da intrinseco principio se muoveno alle cose e per gli spacii convenienti ad essi. E non sono altri motori estrinseci, che col movere fantastiche sfere vengano a trasportar questi corpi come inchiodati in quelle; il che se fusse vero, il moto sarrebe violento fuor de la natura del mobile, il motore più imperfetto, il moto ed il motore solleciti e laboriosi; e altri molti inconvenienti s'aggiongerebbeno. Consideresi dunque, che, come il maschio se muove alla femina e la femina al maschio, ogni erba e animale, qual più e qual meno espressamente, si muove al suo principio vitale, come al sole e altri astri; la calamita se muove al ferro, la paglia a l'ambra e finalmente ogni cosa va a trovar il simile e fugge il contrario. Tutto avviene dal sufficiente principio interiore per il quale naturalmente viene ad esagitarse, e non da principio esteriore, come veggiamo sempre accadere a quelle cose, che son mosse o contra o extra la propria natura. Muovensi dunque la terra e gli altri astri secondo le proprie differenze locali dal principio intrinseco, che è l'anima propria. - Credete, disse Nundinio, che sii sensitiva quest'anima? - Non solo sensitiva, rispose il Nolano - ma anco intellettiva; non solo intellettiva, come la nostra, ma forse anco più. - Qua tacque Nundinio, e non rise.

PRU. Mi par, che la terra, essendo animata, deve non aver piacere quando se gli fanno queste grotte e caverne nel dorso, come a noi vien dolor e dispiacere quando ne si pianta qualche dente là o ne si fora la carne.

TEO. Nundinio non ebbe tanto del Prudenzio, che potesse stimar questo argomento degno di produrlo, benché gli fusse occorso. Perché non è tanto ignorante filosofo, che non sappia che, se ella ha senso, non l'ha simile al nostro; se quella ha le membra, non le ha simile a le nostre; se ha carne, sangue, nervi, ossa e vene, non son simile a le nostre; se ha il core, non l'ha simile al nostro; cossì de tutte l'altre parti, le quali hanno proporzione a gli membri de altri e altri, che noi chiamiamo animali, e comunmente son stimati solo animali. Non è tanto buono Prudenzio e mal medico che non sappia, che alla gran mole de la terra questi sono insensibilissimi accidenti, li quali a la nostra imbecillità sono tanto sensibili. E credo che intenda, che non altrimente che ne gli animali, quali noi conoscemo per animali, le loro parti sono in continua alterazione e moto, ed hanno un certo flusso e reflusso, dentro accogliendo sempre qualche cosa dall'estrinseco e mandando fuori qualche cosa da l'intrinseco: onde s'allungano l'unghie, se nutriscono i peli, le lane ed i capelli, se risaldano le pelle, s'induriscono i cuoii; cossì la terra riceve l'efflusso ed influsso delle parti, per quali molti animali, a noi manifesti per tali, ne fan vedere espressamente la lor vita. Come è più che verisimile, essendo che ogni cosa participa de vita, molti ed innumerabili individui vivono non solamente in noi, ma in tutte le cose composte; e quando veggiamo alcuna cosa che se dice morire, non doviamo tanto credere quella morire, quanto che la si muta, e cessa quella accidentale composizione e concordia, rimanendono le cose che quella incorreno, sempre immortali: più quelle, che son dette spirituali, che quelle dette corporali e materiali, come altre volte mostraremo. Or, per venire al Nolano, quando vedde Nundinio tacere, per risentirse a tempo di quella derisione nundinica che comparava le posizioni del Nolano e le *Vere narrazioni* di Luciano, espresse un poco di fiele; e li disse, che, disputando onestamente, non dovea riderse e burlarse di quello che non può capire. - Ché se io - disse il Nolano - non rido per le vostre fantasie, né voi dovete per le mie sentenze; se io con voi disputo con civilità e rispetto, almeno altretanto dovete far voi a me, il quale vi conosco di tanto ingegno che, se io volesse defendere per verità le dette narrazioni di Luciano, non sareste sufficiente a destruggerle. - Ed in questo modo con alquanto di còlera rispose al riso, dopo aver risposto con più raggioni alla dimanda.

QUINTA PROPOSTA DI NUNDINIO.

Importunato Nundinio sì dal Nolano, come da gli altri, che, lasciando le questioni del perché, e come, e quale, facesse qualche argomento....

PRU. *Per quomodo et quare quilibet asinus novit disputare.*

TEO.... al fine fe' questo, del quale ne son pieni tutti cartoccini: che se fusse vero la terra muoversi verso il lato che chiamiamo oriente, necessario sarrebbe che le nuvole de l'aria sempre apparissero discorrere verso l'occidente, per raggione del velocissimo e rapidissimo moto di questo globo, che in spacio di vintiquattro ore deve aver compito sì gran giro. - A questo rispose il Nolano, che questo aere, per il quale discorrono le nuvole e gli venti, è parte de la terra; perché sotto nome di terra vuol lui (e deve essere cossì al proposito) che se intenda tutta la machina e tutto l'animale intiero, che costa di sue parti dissimilari: onde gli fiumi, gli sassi, gli mari, tutto l'aria vaporoso e turbulento, il quale è rinchiuso negli altissimi monti, appartiene a la *terra* come membro di quella, o pur come l'aria ch'è nel pulmone ed altre cavità de gli animali, per cui respirano, se dilatano le arterie ed altri effetti necessarii a la vita s'adempiscono. Le nuvole dunque da gli accidenti, che son nel corpo de la terra, si muoveno e son come nelle viscere de quella, cossì come le acqui. Questo lo intese Aristotele nel primo de la *Meteora*, dove dice, che «questo aere, che è circa la terra, umido e caldo per le exalazioni di quella, ha sopra di sé un altro aere, il quale è caldo e secco, ed ivi non si trovan nuvole: e questo aere è fuori della circonferenza de la terra e di quella superficie, che la definisce, a fin che venga ad essere perfettamente rotonda; e che la generazion de' venti non si fa se non nelle viscere e luochi de la terra»; però sopra gli alti monti né nuvole né venti appaiono, ed ivi «l'aria si muove regolarmente in circolo», come l'universo corpo. Questo forse intese Platone allor che disse noi abitare nelle concavità e parte oscure de la terra; e che quella proporzione abbiamo a gli animali, che vivono sopra la terra, la quale hanno gli pesci a noi abitanti in un umido più grosso. Vuol dire, che in certo modo questo aria vaporoso è acqua; ed il puro aria, che contiene più felici animali, è sopra la terra, dove, come questa Amfitrite è acqua a noi, cossì questo nostro aere è acqua

43

a quelli. Ecco, dunque, onde si può rispondere a l'argomento referito dal Nundinio: perché cossì il mare non è nella superficie, ma nelle viscere de la terra, come l'epate, fonte de gli umori, è dentro noi; questo aria turbolento non è fuori, ma è come nel polmone de gli animali.

SMI. Or onde avviene, che noi veggiamo l'emisfero intiero, essendo che abitiamo ne le viscere de la terra?

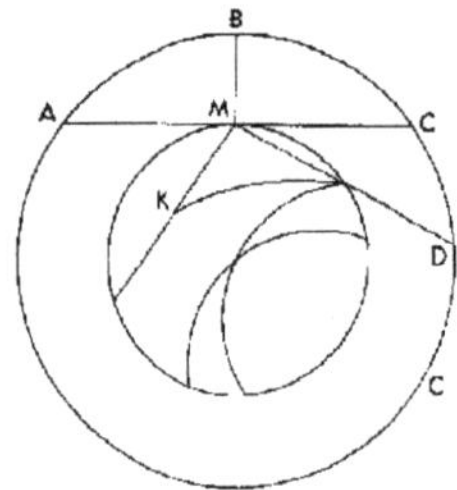

TEO. Da la mole de la terra globosa non solo nella ultima superficie, ma anco in quelle che sono interiori, accade che alla vista de l'orizonte cossì una convessitudine doni loco a l'altra, che non può avvenire quello impedimento, qual veggiamo quando tra gli occhi nostri e una parte del cielo se interpone un monte, che, per esserne vicino, ne può togliere la perfetta vista del circolo de l'orizonte. La distanza dunque di cotai monti, i quali sieguono la convessitudine de la terra, la quale non è piana ma orbicolare, fa che non ne sii sensibile l'essere entro le viscere de la terra. Come si può alquanto considerare nella presente figura [fig.5]: dove la vera superficie de la terra è *A B C*, entro la quale superficie vi sono molte particolari del mare ed altri continenti, come per essempio *M*; dal cui punto non meno veggiamo l'intiero emisfero, che dal punto *A*, ed altri de l'ultima superficie. Del che la raggione è da dui capi: e dalla grandezza de la terra e dalla convessitudine circunferenziale di quella; per il che *M* punto non è in tanto impedito che non possa vedere l'emisfero; perché gli altissimi monti non si vengono ad interporre al punto *M*, come la linea *M B* (il che credo accaderebbe, quando la superficie de la terra fusse piana), ma come la linea *M C, M D*; la quale non viene a caggionar tale impedimento, come si vede, in virtù de l'arco circonferenziale. E nota d'avantaggio, che sì come si riferisce *M* a *C* ed *M* a *D*, cossì anco *K* si riferisce a *M*; onde non deve esser stimato favola quel che disse Platone delle grandissime concavità e seni de la terra.

SMI. Vorrei sapere se quelli che sono vicini a gli altissimi monti, patiscono questo impedimento.

TEO. Non, ma quei che sono vicini a' monti minori; perché non sono altissimi gli monti, se non sono medesmamente grandissimi in tanto, che la loro grandezza è insensibile alla nostra vista: di modo che vengono con quello a comprendere più e molti orizonti artificiali, nei quali gli accidenti de gli uni non possono donar alterazione a gli altri. Però, per gli altissimi non intendiamo come l'Alpe e gli Pirenei e simili, ma come la Francia tutta, ch'è tra dui mari, settentrionale Oceano ed australe Mediterraneo; da' quai mari verso l'Alvernia sempre si va montando, come anco da le Alpe e gli Pirenei, che son stati altre volte la testa d'un monte altissimo. La qual, venendo tutta via fracassata dal tempo (che ne produce in altra parte per la vicissitudine de la rinovazione de le parti della terra) forma tante montagne particolari, le quale noi chiamiamo monti. Però quanto a certa instanzia che produsse Nundinio de gli monti di Scozia, dove forse lui è stato, mostra che lui non può capire quello, che se intende per gli altissimi monti; perché, secondo la verità, tutta questa isola Britannia è un monte, che alza il capo sopra l'onde del mare Oceano, del qual monte la cima si deve comprendere nel loco più eminente de l'isola: la qual cima, se gionge alla parte tranquilla de l'aria, viene a provare, che questo sii uno di que' monti altissimi, dove è la reggione de' forse più felici animali. Alessandro Afrodiseo raggiona del monte Olimpo, dove per esperienza delle ceneri de' sacrificii mostra la condizion del monte altissimo e de l'aria sopra i confini e membri de la terra.

SMI. M'avete sufficientissimamente satisfatto, ed altamente aperto molti secreti de la natura, che sotto questa chiave sono ascosi. Da quel che respondete a l'argomento tolto da' venti e nuvole, si prende ancora la risposta de l'altro che nel secondo libro *Del cielo e mondo* apportò Aristotele; dove dice, che sarebbe impossibile che una pietra gittata a l'alto potesse per medesma rettitudine perpendicolare tornare al basso; ma sarrebbe necessario che il velocissimo moto della terra se la lasciasse molto a dietro verso l'occidente. Perché, essendo questa proiezione dentro la terra, è necessario che col moto di quella si venga a mutar ogni relazione di rettitudine ed obliquità: perché è differenza tra il moto della nave e moto de quelle cose che sono nella nave. Il che se non fusse vero, seguitarrebe che, quando la nave corre per il mare, giamai alcuno potrebbe trarre per dritto qualche cosa da un canto di quella a l'altro, e non sarebbe possibile che un potesse far un salto e ritornare co' piè onde le tolse.

TEO. Con la terra dunque si muoveno tutte le cose che si trovano in terra. Se dunque dal loco extra la terra qualche cosa fusse gittata in terra, per il moto di quella perderebbe la rettitudine. Come appare nella nave A B [fig. 6], la qual, passando per il fiume, se alcuno che se ritrova nella sponda di quello C venga a gittar per dritto un sasso, verrà fallito il suo tratto per quanto comporta la velocità del corso. Ma posto alcuno sopra l'arbore di detta nave, che corra quanto si voglia veloce, non fallirà punto il suo tratto di sorte che per dritto dal punto E, che è nella cima de l'arbore o nella gabbia, al punto D che è nella radice de l'arbore, o altra parte del ventre e corpo di detta nave, la pietra o altra cosa grave gittata non vegna. Cossì, se dal punto D al punto E alcuno che è dentro la nave, gitta per dritto una pietra, quella per la medesma linea ritornarà a basso, muovasi quantosivoglia la nave, pur che non faccia degl'inchini.

SMI. Dalla considerazione di questa differenza s'apre la porta a molti ed importantissimi secreti di natura e profonda filosofia; atteso che è cosa molto frequente e poco considerata quanto sii differenza da quel che uno medica se stesso e quel che vien medicato da un altro. Assai ne è manifesto, che prendemo maggior piacere e satisfazione se per propria mano venemo a cibarci, che se per l'altrui braccia. I fanciulli, allor che possono adoprar gli proprii instrumenti per prendere il cibo, non volentieri si servono de gli altrui; quasi che la natura in certo modo gli faccia apprendere, che come non v'è tanto piacere, non v'è anco tanto profitto. I fanciullini che poppano, vedete come s'appigliano con la mano alla poppa? Ed io giamai per latrocinio son stato sì fattamente atterrito, quanto per quel d'un domestico servitore: perché non so che cosa di ombra e di portento apporta seco più un familiare che un strangiero, perché referisce come una forma di mal genio e presagio formidabile.

TEO. Or, per tornare al proposito, se dunque saranno dui, de' quali l'uno si trova dentro la nave che corre, e l'altro fuori di quella, de' quali tanto l'uno quanto l'altro abbia la mano circa il medesmo punto de l'aria, e da quel medesmo loco nel medesmo tempo ancora l'uno lascie scorrere una pietra e l'altro un'altra, senza che gli donino spinta alcuna, quella del primo, senza perdere punto né deviar da la sua linea, verrà al prefisso loco, e quella del secondo si trovarrà tralasciata a dietro. Il che non procede da altro, eccetto che la pietra, che esce dalla mano de l'uno che è sustentato da la nave, e per consequenza si muove secondo il moto di quella, ha tal virtù impressa, quale non ha l'altra, che procede da la mano di quello che n'è di fuora; benché le pietre abbino medesma gravità, medesmo aria tramezzante, si partano (se possibil fia) dal medesmo punto, e patiscano la medesma spinta. Della qual diversità non possiamo apportar altra raggione, eccetto che le cose, che hanno fissione o simili appartinenze nella nave, si muoveno con quella; e la una pietra porta seco la virtù del motore il quale si muove con la nave, l'altra di quello che non ha detta participazione. Da questo manifestamente si vede, che non dal termine del moto onde si parte, né dal termine dove va, né dal mezzo per cui si move, prende la virtù d'andar rettamente; ma da l'efficacia de la virtù primieramente impressa, dalla quale depende la differenza tutta. E questa mi par che basti aver considerato quanto alle proposte di Nundinio.

SMI. Or domani ne revedremo, per udir gli propositi che soggionse Torquato.

FRU. *Fiat.*

46

FINE DEL TERZO DIALOGO

DIALOGO QUARTO

SMI. Volete ch'io vi dica la causa?

TEO. Ditela pure.

SMI. Perché la divina Scrittura (il senso della quale ne deve essere molto raccomandato, come cosa che procede da intelligenze superiori che non errano) in molti luoghi accenna e suppone il contrario.

TEO. Or, quanto a questo, credetemi che, se gli Dei si fussero degnati d'insegnarci la teorica delle cose della natura, come ne han fatto favore di proporci la prattica di cose morali, io più tosto mi accostarei alla fede de le loro revelazioni, che muovermi punto della certezza de mie raggioni e proprii sentimenti. Ma, come chiarissimamente ognuno può vedere, nelli divini libri in servizio del nostro intelletto non si trattano le demostrazioni e speculazioni circa le cose naturali, come se fusse filosofia; ma, in grazia de la nostra mente ed affetto, per le leggi si ordina la prattica circa le azione morali. Avendo dunque il divino legislatore questo scopo avanti gli occhii, nel resto non si cura di parlar secondo quella verità, per la quale non profittarebbono i volgari per ritrarse dal male e appigliarse al bene; ma di questo il pensiero lascia a gli uomini contemplativi, e parla al volgo di maniera che, secondo il suo modo de intendere e di parlare, venghi a capire quel ch'è principale.

SMI. Certo è cosa conveniente, quando uno cerca di far istoria e donar leggi, parlar secondo la comone intelligenza, e non esser sollecito in cose indifferenti. Pazzo sarrebe l'istorico, che, trattando la sua materia, volesse ordinar vocaboli stimati novi e riformar i vecchi, e far di modo che il lettore sii più trattenuto a osservarlo e interpretarlo come gramatico, che intenderlo come istorico. Tanto più uno, che vuol dare a l'universo volgo la legge e forma di vivere, se usasse termini che le capisse lui solo ed altri pochissimi, e venesse a far considerazione e caso de materie indifferenti dal fine a cui sono ordinate le leggi, certo parrebbe, che lui non drizza la sua dottrina al generale ed alla moltitudine, per la quale sono ordinate quelle, ma a' savii e generosi spirti e quei che sono veramente uomini, li quali senza legge fanno quel che conviene. Per questo disse Alchazele, filosofo, sommo pontefice e teologo mahumetano, che il fine delle leggi non è tanto di cercar la verità delle cose e speculazioni, quanto la bontà de' costumi, profitto della civiltà, convitto di popoli e prattica per la commodità della umana conversazione, mantenimento di pace e aumento di republiche. Molte volte, dunque, ed a molti propositi, è una cosa da stolto ed ignorante più tosto riferir le cose secondo la verità, che secondo l'occasione e comodità. Come quando il sapiente disse, «nasce il sole e tramonta, gira per il mezo giorno, e s'inchina a l'Aquilone», avesse detto: la terra si raggira a l'oriente, e si tralascia il sole, che tramonte, s'inchina a' doi tropici, del Cancro verso l'Austro, e Capricorno verso l'Aquilone, sarrebbono fermati gli auditori a considerare. - Come, costui dice la terra muoversi? che novelle son queste? - L'arrebono al fine stimato un pazzo, e sarrebe stato da dovero un pazzo. Pure, per satisfare a l'importunità di qualche rabbino impaziente e rigoroso, vorrei sapere, se col favore della medesma Scrittura questo che diciamo, si possa confirmare facilissimamente.

TEO. Vogliono forse questi reverendi, che quando Mosè disse, che Dio tra gli altri luminari ne ha fatti dui grandi, che sono il sole e la luna, questo si debba intendere assolutamente perché tutti gli altri siino minori della luna, o veramente secondo il senso volgare ed ordinario modo di comprendere e parlare? Non sono tanti astri più grandi che la luna? Non possono essere più grandi che il sole? Che manca alla terra, che non sii un luminare più bello e più grande che la luna, che, medesmamente ricevendo nel corpo de l'Oceano, ed altri mediterranei mari il gran splendore del sole, può comparir lucidissimo corpo a gli altri mondi, chiamati astri, non meno che quelli appaiono a noi tante lampeggiante faci? Certo, che non chiami la terra un luminare grande o piccolo e che tali dichi essere il sole e la luna, è stato bene e veramente detto nel suo grado; perché dovea farsi intendere secondo le paroli e sentimenti comoni, e far come uno, che qual pazzo e stolto usa della cognizione e sapienza. Parlare con i termini de la verità dove non bisogna, è voler che il volgo e la sciocca moltitudine, dalla quale si richiede la prattica, abbia il particular intendimento; sarrebe come volere che la mano abbia l'occhio, la quale non è stata fatta dalla natura per vedere, ma per oprare e consentire a la vista. Cossì, benché intendesse la natura delle sustanze spirituali, a che fine dovea trattarne, se non quanto che alcune di quelle hanno affabilità e ministerio con gli uomini, quando si fanno ambasciatrici? Benché avesse saputo, che alla luna ed altri corpi mondani, che si veggono e che sono a noi invisibili, convenga tutto quel che conviene a questo nostro mondo, o, almeno, il simile, vi par che sarrebbe stato ufficio di legislatore di prenderse e donar questi impacci a' popoli? Che ha da far la prattica delle nostre leggi e l'essercizio delle nostre virtù con quell'altri?

Dove dunque gli uomini divini parlano presupponendo nelle cose naturali il senso comunmente ricevuto, non denno servire per autorità; ma più tosto dove parlano indifferentemente, e dove il volgo non ha risoluzione alcuna, in quello voglio che s'abbia riguardo alle paroli degli uomini divini, anco a gli entusiasmi di poeti, che con lume superiore ne han parlato; e non prendere per metafora quel che non è stato detto per metafora, e per il contrario prendere per vero quel che è stato detto per similitudine. Ma questa distinzione del metaforico e vero non tocca a tutti di volerla comprendere, come non è dato ad ogniuno di posserla capire. Or, se vogliamo voltar l'occhio della considerazione a un libro contemplativo, naturale, morale e divino, noi trovaremo questa filosofia molto faurita e favorevole. Dico ad un *Libro di Giob*, quale è uno de' singularissimi che si possan leggere, pieno d'ogni buona teologia, naturalità e moralità, colmo di sapientissimi discorsi; che Mosè, come un sacramento, ha congiunto ai libri nella sua legge. In quello un di personaggi, volendo descrivere la provida potenza de Dio, disse quello formar la pace negli eminenti suoi, cioè sublimi figli; che son gli astri, gli Dei, de' quali altri son fuochi, altri sono acqui (come noi diciamo: altri soli, altri terre); e questi concordano, perché, quantunque siino contrarii, tutta via l'uno vive, si nutre e vegeta per l'altro; mentre non si confondeno insieme, ma con certe distanze gli uni si moveno circa gli altri. Cossì vien distinto l'universo in fuoco ed acqua, che sono soggetti di doi primi principii formali ed attivi, freddo e caldo. Que' corpi che spirano il caldo, son gli soli che per se stessi son lucenti e caldi; que' corpi che spirano il freddo, son le terre; le quali, essendo parimente corpi eterogenei, son chiamate più tosto acqui, atteso che tai corpi per quelle si fanno visibili, onde meritamente le nominiamo da quella raggione, che ne sono sensibili; sensibili dico, non per se stessi, ma per la luce de' soli sparsa ne la lor faccia. A questa dottrina è conforme Mosè, che chiama *firmamento* l'aria; nel quale tutti questi corpi hanno la persistenza e situazione, e per gli spacii del quale vengono distinte e divise le acqui inferiori, che son queste che sono nel nostro globo, da l'acqui superiori, che son quelle de gli altri globi; dove pure se dice, esserno divise l'acqui da l'acqui. E, se ben considerate molti passi della Scrittura divina, gli Dei e ministri de l'altissimo son chiamati acqui, abissi, terre e fiamme ardenti: chi lo impediva, che non chiamasse corpi neutri, inalterabili, immutabili, quinte essenze, parti più dense delle sfere, berilli, carbuncoli ed altre fantasie, de le quali, come indifferenti, nientemanco il volgo s'arrebe possuto pascere?

SMI. Io, per certo, molto mi muovo da l'autorità del libro di Giobbe e di Mosè; e facilmente posso fermarmi in questi sentimenti reali più tosto che in metaforici ed astratti: se non che, alcuni pappagalli d'Aristotele, Platone ed Averroe, dalla filosofia de' quali son promossi poi ad esser teologi, dicono che questi sensi son metaforici; e cossì, in virtù de lor metafore, le fanno significare tutto quel che gli piace, per gelosia della filosofia, nella quale son allevati.

TEO. Or quanto siino costante queste metafore, lo possete giudicar da questo, che la medesma Scrittura è in mano di giudei, cristiani e mahumetisti, sètte tanto differenti e contrarie, che ne parturiscono altre innumerabili contrariissime e differentissime; le quali tutte vi san trovare quel proposito che gli piace e meglio gli vien comodo: non solo il proposito diverso e differente, ma ancor tutto il contrario, facendo di un sì un non, e di un non un sì, come, verbigrazia, in certi passi, dove dicono che Dio parla per ironia.

SMI. Lasciamo di giudicar questi. Son certo che a loro non importa, che questo sii o non sii metafora; però facilmente ne potranno far star in pace con nostra filosofia.

TEO. Dalla censura di onorati spirti, veri religiosi, ed anco naturalmente uomini da bene, amici della civile conversazione e buone dottrine non si de' temere; perché quando bene arran considerato, trovaranno che questa filosofia non solo contiene la verità, ma ancora favorisce la religione più che qualsivoglia altra sorte de filosofia; come quelle che poneno il mondo finito, l'effetto e l'efficacia della divina potenza finiti, le intelligenze e nature intellettuali solamente otto o diece, la sustanza de le cose esser corrottibile, l'anima mortale, come che consista più tosto in un'accidentale disposizione ed effetto di complessione e dissolubile contemperamento ed armonia, l'esecuzione della divina giustizia sopra l'azioni umane, per consequenza, nulla, la notizia di cose particolari a fatto rimossa dalle cause prime ed universali, ed altri inconvenienti assai; li quali non solamente, come falsi, acciecano il lume de l'intelletto, ma ancora, come neghittosi ed empii, smorzano il fervore di buoni affetti.

SMI. Molto son contento di aver questa informazione della filosofia del Nolano. Or veniamo un poco a gli discorsi fatti col dottor Torquato; il quale son certo che non può essere tanto più ignorante che Nundinio, quanto è più presuntuoso, temerario e sfacciato.

FRU. Ignoranza ed arroganza son due sorelle individue in un corpo ed in un'anima.

TEO. Costui, con un enfatico aspetto, col quale il *divum Pater* vien descritto nella *Metamorfose* seder in mezzo del concilio de gli Dei per fulminar quella severissima sentenza contra il profano Licaone, dopo aver contemplato la sua aurea collana....

PRU. *Torquem auream, aureum monile.*

TEO.... ed appresso remirato al petto del Nolano, dove più tosto arrebe possuto mancar qualche bottone; dopo essersi rizzato, ritirate le braccia da la mensa, scrollatosi un poco il dorso, sbruffato co' la bocca alquanto, acconciatasi la beretta di velluto in testa, intorcigliatosi il mustaccio, posto in arnese il profumato volto, inarcate le ciglia, spalancate le narici, messosi in punto con un riguardo di rovescio, poggiatasi al sinistro fianco la sinistra mano per donar principio a la sua scrima, appuntò le tre prime dita della destra insieme, e cominciò a trar di mandritti in questo modo parlando: - *Tune ille philosophorum protoplastes?* - Subito il Nolano, suspettando di venire ad altri termini che di disputazione, gl'interroppe il parlare, dicendogli: - *Quo vadis, domine, quo vadis? Quid, si ego philosophorum protoplastes? quid, si nec Aristoteli, nec cuiquam magis concedam, quam mihi ipsi concesserint? Ideone terra est centrum mundi inmobile?* - Con queste ed altre simili persuasioni, con quella maggior pazienza che posseva, l'essortava a portar propositi, con i quali potesse inferire demostrativa o probabilmente in favore de gli altri protoplasti contra di questo novo protoplaste. E voltatosi il Nolano agli circostanti, ridendo con mezzo riso: - Costui, disse, non è venuto tanto armato di raggioni, quanto di paroli e scommi, che si muoiono di freddo e fame. - Pregato da tutti che venesse a gli argumenti, mandò fuori questa voce: - *Unde igitur stella Martis nunc maior, nunc vero minor apparet, si terra movetur?*

SMI. O Arcadia, è possibile che sii *in rerum natura*, sotto titolo di filosofo e medico....

FRU. ...e dottore e torquato,

SMI. ...che abbia possuto tirar questa consequenza? Il Nolano che rispose?

TEO. Lui non si spantò per questo; ma gli rispose, che una delle cause principali, per le quali la stella di Marte appare maggiore o minore, a volte a volte, è il moto della terra e di Marte ancora per gli proprii circoli, onde aviene che ora siino più prossimi ora più lontani.

SMI. Torquato che soggionse?

TEO. Dimandò subito della proporzione de' moti degli pianeti e la terra.

SMI. Ed il Nolano ebbe tanta pazienza, che vedendo un sì presuntuoso e goffo, non voltò le spalli, ed andarsene a casa, e dire a colui, che l'avea chiamato, che....

TEO. Anzi rispose, che lui non era andato per leggere né per insegnare, ma per rispondere; e che la simmetria, ordine, e misura de' moti celesti si presuppone tal qual'è, ed è stata conosciuta da antichi e moderni; e che lui non disputa circa questo, e non è per litigare contra gli matematici, per togliere le lor misure e teorie, alle quali sottoscrive e crede; ma il suo scopo versa circa la natura e verificazione del soggetto di questi moti. Oltre, disse il Nolano: - Se io metterò tempo per rispondere a questa dimanda, noi staremo qua tutta la notte senza disputare e senza ponere giamai gli fondamenti delle nostre pretensioni contra la comone filosofia; perché tanto gli uni quanto gli altri condoniamo tutte le supposizioni, pur che si conchiuda la vera raggione delle quantità e qualità di moti, ed in questi siamo concordi. A che dunque beccarse il cervello fuor di proposito? Vedete voi se dalle osservanze fatte e dalle verificazioni concesse possiate inferire qualche cosa, che conchiuda contra noi e poi arrete libertà di proferire le vostre condannazioni.

SMI. Bastava dirgli, che parlasse a proposito.

TEO. Or qua nessuno di circostanti fu tanto ignorante, che col viso e gesti non mostrasse aver capito, che costui era una gran pecoraccia *aurati ordinis*.

FRU. *Idest* il tosone.

TEO. Pure, per imbrogliar il negocio, pregorno il Nolano, che esplicasse quello che lui volea defendere, perché il prefato dottor Torquato argumentarebbe. Rispose il Nolano, che lui s'avea troppo esplicato e che, se gli argumenti degli aversarii erano scarsi, questo non procedeva per difetto di materia, come può essere a tutti ciechi manifesto. Pure, di nuovo gli confirmava, che l'universo è infinito; e che quello costa d'una inmensa eterea reggione; è veramente un cielo, il quale è detto spacio e seno, in cui sono tanti astri, che hanno fissione in quello, non altrimente che la terra: e cossì la luna, il sole ed altri corpi innumerabili sono in questa eterea reggione, come veggiamo essere la terra; e che non è da credere altro firmamento, altra base, altro fundamento, ove s'appoggino questi grandi animali che concorreno alla constituzion del mondo, vero soggetto ed infinita materia della infinita divina potenza attuale; come bene ne ha fatto intendere tanto la regolata raggione e discorso, quanto le divine rivelazioni, che dicono non essere numero de' ministri de l'Altissimo, al quale migliaia de migliaia assistono, e diece centenaia de migliaia gli amministrano. Questi sono gli grandi animali, de' quali molti con lor chiaro lume, che da' lor corpi diffondeno, ne sono di ogni contorno sensibili. De' quali altri son effettualmente caldi, come il sole ed altri innumerabili fuochi; altri son freddi, come la terra, la luna, Venere ed altre terre innumerabili. Questi, per comunicar l'uno all'altro, e participar l'un da l'altro ìl principio vitale, a certi spacii, con certe distanze, gli uni compiscono gli lor giri circa gli altri, come è manifesto in questi sette, che versano circa il sole; de' quali la terra è uno, che, movendosi circa il spacio di 24 ore dal lato chiamato occidente verso l'oriente, caggiona l'apparenza di questo moto de l'universo circa quella, che è detto moto mundano e diurno. La quale imaginazione è falsissima, contra natura ed impossibile: essendo che sii possibile, conveniente, vero e necessario, che la terra si muova circa il proprio centro, per participar la luce e tenebre, giorno e notte, caldo e freddo; circa il sole per la participazione de la primavera, estade, autunno, inverno; verso i chiamati poli ed oppositi punti emisferici, per la rinovazione di secoli e cambiamento del suo volto, a fin che, dove era il mare sii l'arida, ove era torrido sii freddo, ove il tropico sii l'equinoziale; e finalmente sii de tutte cose la vicissitudine, come in questo, cossì ne gli altri astri, non senza raggione da gli antichi veri filosofi chiamati *mondi*.

Or, mentre il Nolano dicea questo, il dottor Torquato cridava: - *Ad rem, ad rem, ad rem!* - Al fine il Nolano se mise a ridere, e gli disse, che lui non gli argomentava, né gli rispondeva, ma che gli proponeva; e però: - *Ista sunt res, res, res.* - E che toccava al Torquato appresso de apportar qualche cosa ad rem.

SMI. Perché questo asino si pensava essere tra goffi e balordi, credeva che quelli passassero questo suo *ad rem* per un argumento e determinazione; e cossì un semplice crido, co' la sua catena d'oro, satisfar alla moltitudine.

TEO. Ascoltate d'avantaggio. Mentre tutti stavano ad aspettar quel tanto desiderato argumento, ecco che, voltato il dottor Torquato a gli commensali, dal profondo della sufficienza sua sguaina e gli viene a donar sul mostaccio un adagio erasmiano. - *Anticyram navigat.*

SMI. Non possea parlar meglio un asino, e non possea udir altra voce chi va a pratticar con gli asini.

TEO. Credo che profetasse (benché non intendesse lui medesmo la sua profezia) che il Nolano andava a far provisione d'elleboro, per risaldar il cervello a questi pazzi barbareschi.

SMI. Se quelli che v'eran presenti, come erano civili, fussero stati civilissimi, gli arrebbono attaccato, in loco della collana, un capestro al collo, e fattogli contar quaranta bastonate in commemorazione del primo giorno di quaresima.

TEO. Il Nolano gli disse, che il dottor Torquato, non lui, era pazzo perché porta la collana; la quale se non avesse a dosso, certamente il dottor Torquato non valerebbe più che per suoi vestimenti; i quali però vagliono pochissimo, se a forza di bastonate non gli saran spolverati sopra. E con questo dire si alzò di tavola, lamentandosi ch'il signor Folco non avea fatto provisione de miglior suppositi.

FRU. Questi sono i frutti d'Inghilterra; e cercatene pur quanti volete, che le troverete tutti dottori in gramatica, in questi nostri giorni, ne' quali in la felice patria regna una costellazione di pedantesca ostinatissima ignoranza e presunzione mista con una rustica incivilità, che farebbe prevaricar la pazienza di Giobbe. E se non il credete, andate in Oxonia, e fatevi raccontar le cose intravenute al Nolano, quando publicamente disputò con que' dottori in teologia in presenza del prencipe Alasco polacco ed altri della nobiltà inglesa. Fatevi dire come si sapea rispondere a gli argomenti; come restò per quindeci sillogismi quindeci volte qual pulcino entro la stoppa quel povero dottor, che, come il corifeo dell'Academia, ne puosero avanti in questa grave occasione. Fatevi dire con quanta incivilità e discortesia procedea quel porco, e con quanta pazienza ed umanità quell'altro, che in fatto mostrava essere napolitano nato ed allevato sotto più benigno cielo. Informatevi come gli han fatte finire le sue publiche letture, e quelle *de immortalitate animae*, e quelle *de quintuplici sphaera*.

SMI. Chi dona perle a porci, non si de' lamentar, se gli son calpestrate. Or sequitate il proposito del Torquato.

TEO. Alzati tutti di tavola, vi furono di quelli, che in lor linguaggio accusavano il Nolano per impaziente, in vece che doveano aver più tosto avanti gli occhi la barbara e salvatica discortesia del Torquato e propria.

Tutta volta il Nolano, che fa professione di vencere in cortesia quelli che facilmente posseano superarlo in altro, se rimesse; e come avesse tutto posto in oblio, disse amichevolmente al Torquato: - Non pensar, fratello, ch'io per la vostra opinione voglia o possa esservi nemico, anzi vi son cossì amico come di me stesso. Per il che voglio che sappiate, ch'io prima ch'avesse questa posizione per cosa certissima, alcuni anni a dietro, la tenni semplicemente vera; quando ero più giovane e men savio, la stimai verisimile; quando ero più principiante nelle cose speculative, la tenni sì fattamente falsa che mi meravigliavo d'Aristotele, che non solo non si sdegnò di farne considerazione, ma anco spese più della mittà del secondo libro *Del cielo e mondo*, forzandosi dimostrar che la terra non si muova. Quando ero putto ed a fatto senza intelletto speculativo, stimai che creder questo era una pazzia; e pensavo che fusse stato posto avanti da qualcuno per una materia sofistica e capziosa ed esercizio di quelli ociosi ingegni, che vogliono disputar per gioco e che fan professione di provar e defendere che il bianco è nero. Tanto dunque io posso odiar voi per questa caggione, quanto me medesmo, quando ero più giovane, più putto, men saggio e men discreto. Cossì, in loco ch'io mi devrei adirar con voi, vi compatisco, e priego Idio che, come ha donato a me questa cognizione, cossì (se non gli piace di farvi capaci del vedere) almeno vi faccia posser credere che sete ciechi. E questo non sarà poco per rendervi più civili e cortesi, meno ignoranti e temerarii. E voi ancora mi dovete amare, se non come quello che sono al presente più prudente e più vecchio, almeno come quel che fui più ignorante e più giovane, quando ero in parte ne gli miei più teneri anni, come voi sete in vostra vecchiaia. Voglio che, quantunque mai son stato, conversando e disputando, cossì salvatico, malcreato ed incivile, son stato però un tempo ignorante come voi. Cossì, avendo io riguardo al stato vostro presente conforme al mio passato, e voi al stato mio passato conforme al vostro presente, io vi amarò e voi non m'odiarete.

SMI. Essi, poi che sono entrati in un'altra specie di disputazione, che dissero a questo?

TEO. In conclusione, che loro erano compagni d'Aristotele, di Tolomeo e molti altri dottissimi filosofi. Ed il Nolano soggionse, che sono innumerabili sciocchi, insensati, stupidi ed ignorantissimi, che in ciò sono compagni non solo di Aristotele e Tolomeo, ma di essi loro ancora; i quali non possono capire quel che il Nolano intende, con cui non sono, né possono esser molti consezienti, ma solo uomini divini e sapientissimi, come Pitagora, Platone ed altri. - Quanto poi alla moltitudine, che si gloria d'aver filosofi dal canto suo, vorrei che consideri, che per tanto che sono que' filosofi conformi al volgo, han prodotta una filosofia volgare; e per quel ch'appartiene a voi che vi fate sotto la bandiera d'Aristotele, vi dono aviso che non vi dovete gloriare, quasi intendessivo quel che intese Aristotele, e penetrassivo quel che penetrò Aristotele. Perché è grandissima differenza tra il non sapere quel che lui non seppe, e saper quel che lui seppe: perché dove quel filosofo fu ignorante, ha per compagni non solamente voi, ma tutti vostri simili, insieme con i scafari e fachini londrioti; dove quel galantuomo fu dotto e giudicioso, credo e son certissimo, che tutti insieme ne sete troppo discosti. Di una cosa fortemente mi maraveglio: che essendo voi stati invitati e venuti per disputare, non avete giamai posto tali fondamenti e proposte tale raggioni, per le quali in modo alcuno possiate conchiudere contra me, né contra il Copernico; e pur vi sono tanti gagliardi argumenti e persuasioni. - Il Torquato, come volesse ora sfodrare una nobilissima demostrazione, con una augusta maestà dimanda: - *Ubi est aux solis?* - Il Nolano rispose, che lo imaginasse dove gli piace, e concludesse qualche cosa, perché l'auge si muta e non sta sempre nel medesmo grado de l'eclittica: e non può veder a che proposito dimanda questo. Torna il Torquato a dimandar il medesmo, come il Nolano non sapesse rispondere a questo. Rispose il Nolano: - *Quot sunt sacramenta Ecclesiae? Est circa vigesimum Cancri, et oppositum circa decimum vel centesimum Capricorni*, o sopra il campanile di San Paolo.

SMI. Possete conoscere a che proposito dimandasse questo?

TEO. Per mostrar a que', che non sapean nulla, che lui disputava e che diceva qualche cosa; ed oltre, tentare tanti *quomodo, quare, ubi,* sin che ne trovasse uno, al quale il Nolano dicesse, che non sapea; sin a questo, che volse intendere quante stelle sono della quarta grandezza. Ma il Nolano disse, che non sapeva altro che quello che era al proposito. Questa interrogazione de l'auge del sole conchiude in tutto e per tutto, che costui era ignorantissimo di disputare. Ad uno che dice la terra muoversi circa il sole, il sole star fisso in mezzo di questi erranti lumi, dimandare dove è l'auge del sole, è a punto come se uno dimandasse a quello de l'ordinario parere, dove è l'auge della terra. E pur la prima lezione, che si dà ad uno che vuole imparar di argumentare, è di non cercare e dimandar secondo i proprii principii, ma quelli che son concessi da l'avversario. Ma a questo goffo tutto era il medesimo; perché così arrebe saputo tirar argumenti da que' suppositi che sono a proposito come da que' che son fuor di proposito. Finito questo discorso, cominciorno a raggionar in inglese tra loro, e dopo aver alquanto trascorso insieme, ecco comparir su la tavola carta e calamaio. Il dottor Torquato distese, quanto era largo e lungo, un foglio; prese la piuma in mano; tira una linea retta per mezzo del foglio da un canto a l'altro; in mezzo forma un circolo a cui la linea predetta, passando per il centro, facea diametro; e dentro un semicircolo di quello scrive *Terra*, e dentro l'altro scrive *Sol*. Dal canto de la terra forma otto semicircoli, dove ordinatamente erano gli caratteri di sette pianeti [fig. 7] e circa l'ultimo scritto: *Octava Sphaera Mobilis*; e ne la margine: *Ptolomaeus*. Tra tanto il Nolano disse a costui che volea far di questo, che sanno sin ai putti? Torquato rispose: - *Vide, tace et disce: ego docebo te Ptolomaeum et Copernicum.* -

SMI. *Sus quandoque Minervam.*

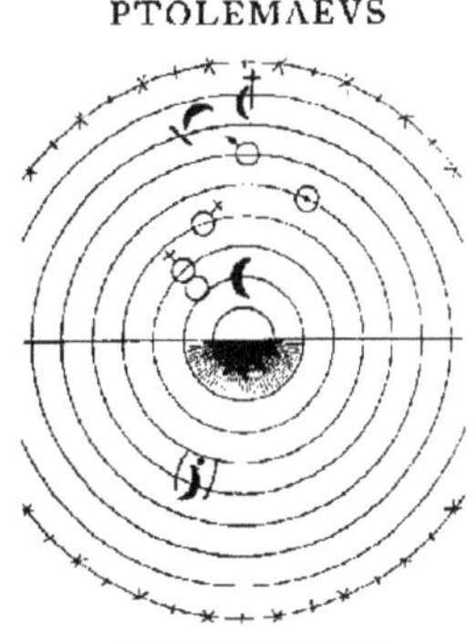

TEO. Il Nolano rispose che, quando uno scrive l'alfabeto, mostra mal principio di voler insegnar gramatica ad un che ne intende più che lui. - Séguita a far la sua descrizione il Torquato, e circa il sole, che era nel mezzo, forma sette semicircoli con simili caratteri, circa l'ultimo scrivendo: *Sphaera Inmobilis Fixarum*, e ne la margine: *Copernicus.* Poi se volta al terzo circolo, ed in un punto della sua circonferenza forma il centro d'un epiciclo, al quale, avendo delineata la circonferenza, in detto centro penge il globo de la terra; ed a fin che alcuno non s'ingannasse pensando che quello non fusse la terra, vi scrive a bel carattere: *Terra*; ed in un loco de la circonferenza de l'epiciclo, distantissimo dal mezzo, figurò il carattere della luna.

Quando vedde questo il Nolano: - Ecco - disse - che costui mi volea insegnare del Copernico quel che il Copernico medesmo non intese, e più tosto s'arrebe fatto tagliar il collo, che dirlo o scriverlo. Perché il più grande asino del mondo saprà, che da quella parte sempre si vedrebbe il diametro del sole equale; ed altre molte conclusioni seguitarebbono, che non si possono verificare. - *Tace, tace,* disse il Torquato: *tu vis me docere Copernicum?* - Io curo poco il Copernico - disse il Nolano - e poco mi curo, che voi o altri l'intendano; ma di questo solo voglio avertirvi: che, prima che vengate ad insegnarmi un'altra volta, che studiate meglio. - Ferno tanta diligenza i gentilomini che v'eran presenti, che fu portato il libro del Copernico; e guardando nella figura, veddero che la terra non era descritta nella circonferenza de l'epiciclo come la luna. Però volea Torquato che quel punto, che era in mezzo de l'epiciclo nella circonferenza della terza sfera, significasse la terra.

SMI. La causa dell'errore fu, che il Torquato avea contemplate le figure di quel libro e non avea letto gli capitoli; e se pur le ha letti, non l'ha intesi.

TEO. Il Nolano se mise a ridere; e dissegli, che quel punto non significava altro, che la pedata del compasso, quando si delineò l'epiciclo della terra e della luna, il quale è tutto uno ed il medesmo. Or, se volete veramente sapere dove è la terra, secondo il senso del Copernico, leggete le sue paroli. Lessero e ritrovarno che dicea la terra e la luna essere contenute come da medesmo epiciclo, ecc. E cossì rimasero mastigando in lor lingua, sin tanto che Nundinio e Torquato, avendo salutato tutti gli altri, eccetto ch'il Nolano, se n'andorno; e lui inviò uno appresso, che da sua parte salutasse loro. Que' cavallieri, dopo aver pregato il Nolano, che non si turbasse per la discortese incivilità e temeraria ignoranza de' lor dottori, ma che avesse compassione alla povertà di questa patria, la quale è rimasta vedova delle buone lettere per quanto appartiene alla professione di filosofia e reali matematiche (nelle quali, mentre sono tutti ciechi, vengono questi asini, e ne si vendono per oculati, e ne porgeno vessiche per lanterne) con cortesissime salutazioni lasciandolo, se ne andaro per un camino. Noi ed il Nolano, per un altro, ritornammo tardi a casa, senza ritrovar di que' rintuzzi ordinarii, perché la notte era profonda, e gli animali cornupeti e calcitranti non ne molestaro al ritorno come alla venuta; perché, prendendo l'alto riposo, s'erano nelle lor mandre e stalle retirati.

PRU.

Nox erat, et placidum carpebant fessa soporem

corpora per terras, sylvaeque et saeva quierant

aequora, cum medio volvuntur sidera lapsu,

cum tacet omnis ager, pecudes etc.

SMI. Orsù, abbiamo assai detto oggi. Di grazia, Teofilo, ritornate domani, perché voglio intendere qualch'altro proposito circa la dottrina del Nolano. Perché quella del Copernico, benché sii comoda alle supputazioni, tutta volta non è sicura ed ispedita quanto alle raggioni naturali, le quali son le principali.

TEO. Ritornarò volentieri un'altra volta.

FRU. Ed io.

PRU. *Ego quoque. Valete.*

55

FINE DEL QUARTO DIALOGO

DIALOGO QUINTO

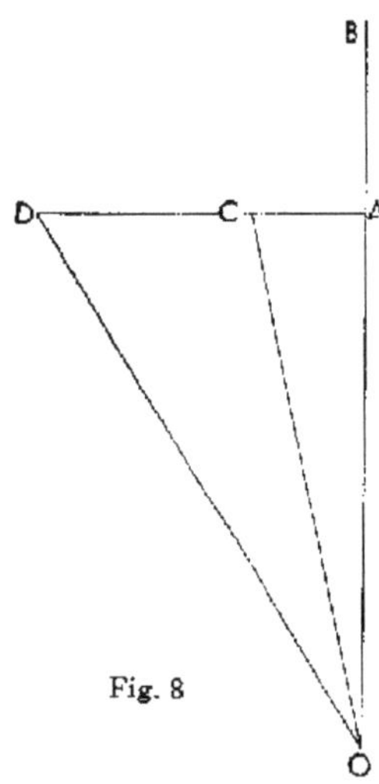

TEO. Perché non son più né altramente fisse le altre stelle al cielo, che questa stella, che è la terra, è fissa nel medesmo firmamento, che è l'aria; e non è più degno d'esser chiamato ottava sfera, dove è la coda de l'Orsa, che dove è la terra, nella quale siamo noi; perché in una medesma eterea reggione, come in un medesmo gran spacio e campo, son questi corpi distinti e con certi convenienti intervalli allontanati gli uni da gli altri; considerate la caggione, per la quale son stati giudicati sette cieli degli erranti, ed uno solo di tutti gli altri. Il vario moto, che si vedeva in sette, ed uno regolato in tutte l'altre stelle, che serbano perpetuamente la medesma equidistanza e regola, fa parer a tutte quelle convenir un moto, una fissione ed un orbe, e non esser più che otto sfere sensibili per gli luminari, che sono com'inchiodati in quelle. Or, se noi venemo a tanto lume e tal regolato senso, che conosciamo questa apparenza del moto mondano procedere dal giro de la terra, se dalla similitudine della consistenzia di questo corpo in mezzo l'aria giudichiamo la consistenza di tutti gli altri corpi, potremo prima credere, e poi demostrativamente conchiudere il contrario di quel sogno e quella fantasia, che è stato quel primo inconveniente, che ne ha generati ed è per generarne tanti altri innumerabili. Quindi accade quello errore, come a noi, che dal centro de l'orizonte, voltando gli occhi da ogni parte, possiamo giudicar la maggior e minor distanza da, tra, ed in quelle cose, che son più vicine, ma da un certo termine in oltre tutte ne parranno equalmente lontane; cossì, alle stelle del firmamento guardando, apprendiamo la differenza de' moti e distanze d'alcuni astri più vicini, ma gli più lontani e lontanissimi ne appaiono inmobili, ed equalmente distanti e lontani, quanto alla longitudine; qualmente un arbore talvolta parrà più vicino e l'altro, perché si accosta al medesmo semidiametro; e perché sarà in quello indifferente, parrà tutt'uno: e pure con tutto ciò sarà più lontananza tra questi, che tra quelli che son giudicati molto più discosti per la differenza di semidiametri. Cossì accade che tal stella è stimata molto maggiore, che è molto minore; tale molto più lontana, che è molto più vicina. Come nella seguente figura [fig. 8], dove ad *O*, occhio, la stella *A* pare la medesma con la stella *B*; e, se pur si mostra distinta, gli parrà vicinissima; e la stella *C*, per essere in un semidiametro molto differente, parrà molto più lontana; ed in fatto è molto più vicina. Dunque, che noi non veggiamo molti moti in quelle stelle, e non si mostrino allontanarsi ed accostarsi l'une da l'altre, e l'une all'altre, non è perché non facciano cossì quelle come queste gli lor giri; atteso che non è raggione alcuna, per la quale in quelle non siano gli medesmi accidenti che in queste, per i quali medesmamente un corpo, per prendere virtù da l'altro, debba muoversi circa l'altro. E però non denno esser chiamate fisse perché veramente serbino la medesma equidistanza da noi e tra loro; ma perché il lor moto non è sensibile a noi. Questo si può veder in essempio d'una nave molto lontana, la quale, se farà un giro di trenta o di quaranta passi, non meno parrà che la stii ferma, che se non si movesse punto. Cossì, proporzionalmente, è da considerare in distanze maggiori, in corpi grandissimi e luminosissimi, de' quali è possibile che molti altri ed innumerabili siino cossì grandi e cossì lucenti come il sole, e di vantaggio. I circoli e moti di quali molto più grandi non si veggono; onde, se in alcuni astri di quelli accade varietà d'approssimanza, non si può conoscere, se non per lunghissime osservazioni; le quali non son state cominciate, né perseguite, perché tal moto nessuno l'ha creduto, né cercato, né presupposto; e sappiamo che il principio de l'inquisizione è il sapere e conoscere, che la cosa sii, o sii possibile e conveniente, e da quello si cave profitto.

PRU. *Rem acu tangis.*

TEO. Or questa distinzion di corpi ne la eterea reggione l'ha conosciuta Eraclito, Democrito, Epicuro, Pitagora, Parmenide, Melisso, come ne fan manifesto que' stracci che n'abbiamo: onde si vede, che conobbero un spacio infinito, regione infinita, selva infinita, capacità infinita di mondi innumerabili simili a questo, i quali cossì compiscono i lor circoli, come la terra il suo; e però anticamente si chiamavano *ethera*, cioè corridori, corrieri, ambasciadori, nuncii della magnificenza de l'unico altissimo, che con musicale armonia contemprano l'ordine della constituzion della natura, vivo specchio dell'infinita deità. Il qual nome di *ethera* dalla cieca ignoranza è stato tolto a questi, ed attribuito a certe quinte essenze, nelle quali, come tanti chiodi, siino inchiodate queste lucciole e lanterne. Questi corridori hanno il principio di moti intrinseco, la propria natura, la propria anima, la propria intelligenza: perché non è sufficiente il liquido e sottile aria a muovere sì dense e gran machine. Perché a far questo gli bisognarebbe virtù trattiva o impulsiva ed altre simili, che non si fanno senza contatto di dui corpi almeno, de' quali l'uno con l'estremità sua risospinge e l'altro è risospinto. E certo tutte cose, che son mosse in questo modo, riconoscono il principio de lor moto o contra o fuor de la propria natura; dico o violento, o almeno non naturale. È dunque cosa conveniente alla commodità delle cose che sono ed a l'effetto della perfettissima causa, che questo moto sii naturale da principio interno e proprio appulso senza resistenza. Questo conviene a tutti corpi, che senza contatto sensibile di altro impellente o attraente si muoveno. Però la intendeno al rovescio quei che dicono, che la calamita tira il ferro, l'ambra la paglia, il getto la piuma, il sole l'elitropia; ma nel ferro è come un senso, il qual è svegliato da una virtù spirituale, che si diffonde dalla calamita, col quale si muove a quella, la paglia a l'ambra; e generalmente tutto quel che desidera ed ha indigenza, si muove alla cosa desiderata, e si converte in quella al suo possibile, cominciando dal voler essere nel medesmo loco. Da questo considerar, che nulla cosa si muove localmente da principio estrinseco senza contatto più vigoroso della resistenza del mobile, depende il considerare quanto sii sollenne goffaria e cosa impossibile a persuadere ad un regolato sentimento, che la luna muove l'acqui del mare, caggionando il flusso in quello, fa crescere gli umori, feconda i pesci, empie l'ostreche e produce altri effetti; atteso che quella di tutte queste cose è propriamente segno, e non causa.

Segno ed *indizio*, dico, perché il vedere queste cose con certe disposizioni della luna, ed altre cose contrarie e diverse con contrarie e diverse disposizioni, procede da l'ordine e corispondenza delle cose, e le leggi d'una mutazione che son conformi e corrispondenti alle leggi de l'altra.

SMI. Dall'ignoranza di questa distinzione procede, che di simili errori son pieni molti scartafazzi, che ne insegnano tante strane filosofie; dove le cose, che son segni, circonstanze ed accidenti, son chiamate cause; tra quali inezie quella è una delle reggine, che dice li raggi perpendicolari e retti esser causa di maggior caldo, e li acuti ed obliqui di maggior freddo. Il che però è accidente del sole, vera causa di ciò, quando persevera più o meno sopra la terra. Raggio reflesso e diretto, angolo acuto ed ottuso, linea perpendicolare, incidente e piana, arco maggiore e minore, aspetto tale e quale son circostanze matematiche e non cause naturali. Altro è giocare con la geometria, altro è verificare con la natura. Non son le linee e gli angoli, che fanno scaldar più o meno il fuoco, ma le vicine e distanti situazioni, lunghe e brieve dimore.

TEO. La intendete molto bene; ecco come una verità chiarisce l'altra. Or per conchiudere il proposito, questi gran corpi, se fusser mossi dall'estrinseco altrimente che come dal fine e bene desiderato, sarrebono mossi violente- ed accidentalmente; ancor che avessero quella potenza, la qual è detta non repugnante, perché il vero non repugnante è il naturale; e il naturale, o vogli o non, è principio intrinseco, il quale da per sé porta la cosa dove conviene. Altrimente l'estrinseco motore non moverrà senza fatica, o pur non sarà necessario, ma soverchio; e se vuoi che sia necessario, accusi la causa efficiente per deficiente nel suo effetto, e che occupa gli nobilissimi motori a mobili assai più indegni; come fanno quelli, che dicono l'azioni delle formiche ed aragne esserno, non da propria prudenza e artificio, ma da l'intelligenze divine non erranti che gli donano, verbigrazia, le spinte, che si chiamano istinti naturali, ed altre cose significate per voci senza sentimento. Perché, se domandate a questi savii, che cosa è quello instinto, non sapranno dir altro, che *instinto*, o qualche altra voce così indeterminata e sciocca, come questo instinto, che significa principio istigativo, ch'è un nome comunissimo, per non dir o un sesto senso o raggione o pur intelletto.

PRU. *Nimis arduae quaestiones!*

SMI. A quelli che non le vogliono intendere, ma che vogliono ostinatamente credere il falso. Ma ritorniamo a noi. Io saprei bene, che rispondere a costoro, che hanno per cosa difficile, che la terra si muova, dicendo, ch'è un corpo cossì grande, cossì spesso e cossì grave. Pure vorrei udire il vostro modo di rispondere, perché vi veggio tanto risoluto nelle raggioni.

PRU. *Non talis mihi.*

SMI. Perché voi siete una talpa.

TEO. Il modo di rispondere consiste in questo: che il medesmo potreste dir della luna, il sole e d'altri grandissimi corpi, e tanti innumerabili, che gli aversarii vogliono che sì velocemente circondino la terra con giri tanto smisurati. E pur hanno per gran cosa, che la terra in 24 ore si svolga circa il proprio centro, ed in un anno circa il sole. Sappi, che né la terra, né altro corpo è assolutamente grave o lieve. Nessuno corpo nel suo loco è grave né leggiero; ma queste differenze e qualità accadeno non a' corpi principali e particolari individui perfetti dell'universo, ma convegnono alle parti, che son divise dal tutto, e che se ritrovano fuor del proprio continente, e come peregrine: queste non meno naturalmente si forzano verso il loco della conservazione, che il ferro verso la calamita; il quale va a ritrovarla non determinatamente al basso o sopra o a destra, ma ad ogni differenza locale, ovunque sia. Le parti della terra da l'aria vengono verso noi, perché qua è la lor sfera; la qual però se fusse alla parte opposta, se parterebono da noi, a quella drizzando il corso. Cossì l'acqui, cossì il fuoco. L'acqua nel suo loco non è grave, e non aggrava quelli, che son nel profondo del mare. Le braccia, il capo ed altre membra non son grievi al proprio busto; e nessuna cosa naturalmente costituita caggiona atto di violenza nel suo loco naturale. Gravità e levità non si vede attualmente in cosa, che possiede il suo loco e disposizione naturale; ma si trova nelle cose, che hanno un certo empito; col quale si forzano al loco conveniente a sé. Però è cosa assorda di chiamar corpo alcuno naturalmente grave o lieve, essendo che queste qualità non convengono a cosa che è nella sua constituzione naturale, ma fuor di quella; il che non aviene alla sfera giamai, ma qualche volta alle parti di quella, le quali però non sono determinate a certa differenza locale secondo il nostro riguardo, ma sempre si determinano al loco, dove è la propria sfera ed il centro della sua conservazione. Onde, se infra la terra si ritrovasse un'altra spezie di corpo, le parti della terra da quel loco naturalmente montarebbono; e se alcuna scintilla di foco si trovasse, per parlar secondo il comone, sopra il concavo della luna, verrebbe a basso con quella velocità, con la quale dal convesso de la terra ascende in alto. Cossì l'acqua non meno descende in sino al centro della terra, se si gli dà spacio, che dal centro della terra ascende alla superficie di quella. Parimente l'aria ad ogni differenza locale con medesma facilità si muove. Che vuol dir dunque grave e lieve? Non veggiamo noi la fiamma talvolta andar al basso ed altri lati ad accendere un corpo disposto al suo nutrimento e conservazione? Ogni cosa dunque, che è naturale, è facilissima; ogni loco e moto naturale è convenientissimo. Con quella facilità, con la quale le cose che naturalmente non si muoveno persisteno fisse nel suo loco, le altre cose che naturalmente si muoveno, marciano pe gli lor spacii. E come violentemente e contra sua natura quelle arrebono moto, cossì violentemente e contra natura queste arrebono fissione. Certo è dunque che, se alla terra naturalmente convenesse l'esser fissa, il suo moto sarrebbe violento, contra natura e difficile. Ma chi ha trovato questo? chi l'ha provato? La comone ignoranza, il difetto di senso e di raggione.

SMI. Questo ho molto ben capito, che la terra nel suo loco non è più grave che il sole nel suo, e gli membri de' corpi principali, come le acqui, nelle sue sfere; da le quali divise, da ogni loco, sito e verso si moverrebono a quelle. Onde noi al nostro riguardo le potreimo dire non meno gravi che lieve, gravi e lieve che indifferenti: come veggiamo ne le comete ed altre accensioni, le quali dai corpi che bruggiano alle volte mandano la fiamma a' luoghi opposti, onde le chiamano *comate*; alle volte verso noi, onde le dicono *barbate*; alle volte da altri lati, onde le dicono *caudate*. L'aria, il qual è generalissimo continente, ed è il firmamento di corpi sferici, da tutte parti esce, in tutte parti entra, per tutto penetra, a tutto si diffonde; e però è vano l'argomento che costoro apportano, della raggione della fissione de la terra, per esser corpo ponderoso, denso e freddo.

TEO. Lodo Iddio, che vi veggio tanto capace, e che mi togliete tal fatica, ed avete ben compreso quel principio, col quale possete rispondere a più gagliarde persuasioni di volgari filosofi, e avete adito a molte profonde contemplazioni della natura.

SMI. Prima che venghi ad altre questioni, al presente vorrei sapere, come vogliamo noi dire che il sole è l'elemento vero del fuoco, e primo caldo, e quello è fisso in mezzo di questi corpi erranti, tra' quali intendiamo la terra. Perché mi occorre ch'è più verisimile che questo corpo si muova, che li altri, che noi possiamo veder per esperienza del senso.

TEO. Dite la raggione.

SMI. Le parti della terra, ovonque siino o naturalmente o per violenza ritenute, non si muoveno. Cossì le parti de l'acqui fuor del mare, fiumi ed altri vivi continenti, stanno ferme. Ma le parti del foco, quando non hanno facultà di montare in alto, come quando son ritenute dalle concavità delle fornaci, si svolgeno e ruotano in tondo, e non è modo che le ritegna. Se dunque vogliamo prendere qualche argumento e fede dalle parti, il moto conviene più al sole ed elemento di foco, che alla terra.

TEO. A questo rispondo prima, che perciò si potrebe concedere, che il sole si muova circa il proprio centro, ma non già circa altro mezzo; atteso che basta, che tutti i circostanti corpi si muovano circa lui, per tanto che di esso quelli han bisogno; ed anco per quel, che forse anco lui potesse desiderar da essi. Secondo, è da considerare, che l'elemento del foco è soggetto del primo caldo e corpo cossì denso e dissimilare in parti e membri, come è la terra. Però quello che noi veggiamo muoversi di tal sorte, è aria acceso, che si chiama fiamma, come il medesmo aria alterato dal freddo della terra si chiama vapore.

SMI. E da questo mi par aver mezzo di confirmar quel che dico, perché il vapore si muove tardo e pigro, la fiamma ed esalazione velocissimamente; e però quello, che è più simile al foco, si vede molto più mobile che quello aria, ch'è simigliante più alla terra.

TEO. La caggione è, che il fuoco più si forza di fuggire da questa reggione, la quale è più connaturale al corpo di contraria qualità. Come se l'acqua o il vapore se ritrovasse nella reggione del fuoco, o loco simile a quella, con più velocità fuggirebbe che l'exalazione, la quale ha con lui certa participazione e connaturalità maggiore che contrarietà o differenza. Bastivi di tener questo, perché della intenzione del Nolano non trovo determinazione alcuna circa il moto o quiete del sole. Quel moto, dunque, che veggiamo nella fiamma, ch'è ritenuta e contenuta nelle concavità de le fornaci, procede da quel, che la virtù del foco perseguita, accende, altera e trasmuta l'aria vaporoso, del quale vuole aumentarsi e nodrirsi, e quell'altro si ritira e fugge il nemico del suo essere e la sua correzione.

SMI. Avete detto l'aria vaporoso; che direste dell'aria puro e semplice?

TEO. Quello non è più soggetto di calore, che di freddo; non è più capace e ricetto di umore, quando viene inspessato dal freddo, che di vapore ed essalazione, quando viene attenuata l'acqua dal caldo.

SMI. Essendo che nella natura non è cosa senza providenza e senza causa finale, vorrei di nuovo saper da voi (perché, per quel ch'avete detto, ciò si può perfettamente comprendere): per qual causa è il moto locale della terra?

TEO. La caggione di cotal moto è la rinovazione e rinascenza di questo corpo; il quale, secondo la medesma disposizione, non può essere perpetuo; come le cose che non possono essere perpetue secondo il numero (per parlar secondo il comune) si fanno perpetue secondo la spezie, le sustanze che non possono perpetuarsi sotto il medesmo volto, si vanno tutta via cangiando di faccia. Perché, essendo la materia e sustanza delle cose incorrottibile, e dovendo quella secondo tutte le parti esser soggetto di tutte forme, a fin che secondo tutte le parti, per quanto è capace, si fia tutto, sia tutto, se non in un medesmo tempo ed instante d'eternità, al meno in diversi tempi, in varii instanti d'eternità successiva e vicissitudinalmente; perché, quantunque tutta la materia sia capace di tutte le forme insieme, non però de tutte quelle insieme può essere capace ogni parte della materia; però a questa massa intiera, della qual consta questo globo, questo astro, non essendo conveniente la morte e la dissoluzione, ed essendo a tutta natura impossibile l'annichilazione, a tempi a tempi, con certo ordine, viene a rinovarsi, alterando, cangiando, le sue parti tutte: il che conviene che sia con certa successione, ognuna prendendo il loco de l'altre tutte; perché altrimente questi corpi, che sono dissolubili, attualmente talvolta si dissolverebbono, come avviene a noi particolari e minori animali. Ma a costoro, come crede Platone nel *Timeo*, e crediamo ancor noi, è stato detto dal primo principio: «Voi siete dissolubili, ma non vi dissolverete». Accade dunque, che non è parte nel centro e mezzo della stella, che non si faccia nella circonferenza e fuor di quella: non è porzione in quella extima ed esterna, che non debba tal volta farsi ed essere intima ed interna. E questo l'esperienza d'ogni giorno ne 'l dimostra; ché nel grembo e viscere della terra altre cose s'accoglieno, ed altre cose da quelle ne si mandan fuori. E noi medesmi e le cose nostre andiamo e vegnamo, passiamo e ritorniamo, e non è cosa nostra che non si faccia aliena e non è cosa aliena che non si faccia nostra. E non è cosa della quale noi siamo, che tal volta non debba esser nostra, come non è cosa la quale è nostra, della quale non doviamo talvolta essere, se una è la materia delle cose, in un geno, se due sono le materie, in dui geni: perché ancora non determino, se la sustanza e materia, che chiamiamo spirituale, si cangia in quella che diciamo corporale e per il contrario, o veramente non. Cossì tutte cose nel suo geno hanno tutte vicissitudine di dominio e servitù, felicità ed infelicità, de quel stato che si chiama vita e quello che si chiama morte, di luce e tenebre, di bene e male. E non è cosa alla quale naturalmente convegna esser eterna, eccetto che alla sustanza, che è la materia, a cui non meno conviene essere in continua mutazione. Della sustanza soprasustanziale non parlo al presente, ma ritorno a raggionar particularmente di questo grande individuo, ch'è la nostra perpetua nutrice e madre, di cui dimandaste per qual caggione fusse il moto locale. E dico, che la causa del moto locale, tanto del tutto intiero quanto di ciascuna delle parti, è il fine della vicissitudine, non solo perché tutto si ritrove in tutti luoghi, ma ancora perché con tal mezzo tutto abbia tutte disposizioni e forme: per ciò che degnissimamente il moto locale è stato stimato principio d'ogni altra mutazione e forma; e che, tolto questo, non può essere alcun altro. Aristotele s'ha possuto accorgere della mutazione secondo le disposizioni e qualità, che sono nelle parti tutte de la terra; ma non intese quel moto locale, che è principio di quelle. Pure nel fine del primo libro della sua *Meteora* ha parlato come un che profetiza e divina. Ché, benché lui medesmo tal volta non s'intenda, pure in certo modo zoppigando e meschiando sempre qualche cosa del proprio errore al divino furore, dice per il più e per il principale il vero. Or apportiamo quel che lui dice, e vero e degno d'essere considerato; e poi soggiungeremo le cause di ciò, quali lui non ha possuto conoscere. «Non sempre», dice egli, «gli medesmi luoghi della terra son umidi o secchi; ma, secondo la generazione e difetto di fiumi, si cangiano. Però quel che fu ed è mare, non sempre è stato e sarà mare; quello che sarà ed è stato terra, non è, né fu sempre terra; ma, con certa vicissitudine, determinato circolo ed ordine si de' credere, che dov'è l'uno, sarà l'altro, e dov'è l'altro sarà l'uno». E se dimandate ad Aristotele il principio e causa di ciò, risponde, che «gl'interiori de la terra, come gli corpi delle piante ed animali hanno la perfezione, e poi invecchiano. Ma è differenza tra la terra e gli altri detti corpi. Perché essi intieri in un medesmo tempo secondo tutte le parti hanno il progresso, la perfezione ed il mancamento come lui dice, il stato e la vecchiaia: ma nella terra questo accade successivamente a parte a parte, con la successione del freddo e del caldo, che caggiona l'aumento e la diminuzione, la qual séguita il sole ed il giro par cui le parti della terra acquistano complessioni e virtù diverse. Da qua i luoghi acquosi in certo tempo rimagnono, poi di novo si disseccano ed invecchiano, altri si ravvivano e secondo certe parti s'inacquano. Quindi veggiamo svanir i fonti, i fiumi or da piccioli dovenir grandi, or da grandi farsi piccioli, e secchi al fine. E da questo, che gli fiumi si cassano, proviene, che per necessaria conseguenza si tolgano i stagni e mutinsi gli mari; il che però, accadendo successivamente circa la terra a tempi lunghissimi e tardi, a gran pena la nostra e di nostri padri la vita può giudicare; atteso che più tosto cade la età e la memoria de tutte genti, ed avvengono grandissime corrozioni e mutazioni, per desolazioni e desertitudini, per guerre, per pestilenze e per diluvii, alterazioni di lingue e di scritture, trasmigrazioni e sterilità de luoghi, che possiamo ricordarci di queste cose da principio sin al fine per sì lunghi, varii e turbolentissimi secoli. Queste gran mutazioni assai ne si monstrano nelle antiquità de l'Egitto, nelle porte del Nilo; le quali tutte, tolto il Canobico esito, son fatte a opra di mano; nell'abitazioni della città di Memfi, dove i luoghi inferiori son abitati dopo i superiori; ed in Argo e Micena, de' quali al tempo di troiani la prima reggione era paludosa, e pochissimi vivevano in quella; Micena, per esser più fertile, era molto più onorata: del che a' tempi nostri è tutto il contrario, perché Micena è al tutto secca ed Argo è dovenuta temperata ed assai fertile.» Or come accade in questi luoghi piccioli, il medesmo doviamo pensar circa grandi e reggioni intiere. Però come veggiamo che molti loghi, che prima erano acquosi, ora son continenti, cossì a molti altri è sopravenuto il mare. Le quali mutazioni veggiamo farsi a poco a poco, come le già dette, e come ne fan vedere le corrosioni de monti altissimi e lontanissimi dal mare, che quasi fusser freschi mostrano gli vestigii dell'onde impetuose. E ne costa dall'istorie di Felice Martire Nolano, quale dechiarano al tempo suo, che è stato poco più o meno di mill'anni passati, era il mare vicino alle mura della città, dove è un tempio, che ritiene il nome di Porto, onde al presente è discosto dodeci milia passi. Non si vede il medesmo in tutta la Provenza? Tutte le pietre, che son sparse per gli campi, non mostrano un tempo esser state agitate da l'onde? La temperie della Francia parvi che dal tempo di Cesare al nostro sia cangiata poco? Allora in loco alcuno non era atta alle viti; ed ora manda vini cossì deliziosi come altre parti del mondo, e da' settentrionalissimi terreni di quella si raccoglieno gli frutti de le vigne. E questo anno ancora ho mangiate de l'uve de gli orti di Londra, non già cossì perfette come de' peggiori di Francia, ma pur tale quali affermano mai esserne prodotte simili in terra inglesa. Da questo dunque, che il mare Mediterraneo, lasciando più secca e calda la Francia e le parti de l'Italia, quali io con li miei occhi ho viste, va inchinando verso la Libia, séguita che, venendosi più e più a scaldarsi l'Italia e la Francia e temprarsi la Britannia, doviamo giudicare che generalmente si mutano gli abiti de le reggioni, con questo che la disposizion fredda si va disminuendo verso l'Artico polo. Dimandate ad Aristotele: onde questo avviene? Risponde: dal sole e dal moto circolare. Non tanto confusa- ed oscuramente, quanto ancora da lui divina- ed alta- e verissimamente detto. Ma come? forse come da un filosofo? Non: ma più presto come da un divinatore, o pur da uno che intendeva e non ardiva de dire, forse come colui che vede e non crede a quel che vede, e se pur il crede, dubita d'affirmarlo, temendo che alcuno non venghi a constringerlo di apportar quella raggione, la qual non ha.

Referisce, ma in modo col quale chiuda la bocca a chi volesse oltre sapere; o forse è modo di parlar tolto dagli antichi filosofi. Dice dunque, che il caldo, il freddo, l'arido, l'umido crescono e mancano sopra tutte le parti della terra, ne la quale ogni cosa ha la rinovazione, consistenza, vecchiaia e diminuzione; e volendo apportar la causa di questo, dice: *propter solem et circumlationem*. Or perché non dice: *propter solis circulationem*? Perché era determinato appresso lui, e conceduto appo tutti filosofi di suoi tempi e di suo umore, che il sole con il suo moto non possea caggionar questa diversità; perché, in quanto che l'ecliptica declina dall'Equinoziale, il sole eternamente versava tra i doi punti Tropici; e però esser impossibile d'esser scaldata altra parte di terra, ma eternamente le zone ed i climi essere in medesma disposizione. Perché non disse: per circolazione d'altri pianeti? Perché era determinato già, che tutti quelli (se pur alcuni per qualche poco non trapassano) si muoveno sol per quanto è la latitudine del zodiaco detto trito camino degli erranti. Perché non disse: per circolazione del primo mobile? Perché non conosceva altro moto, che il diurno ed era a' suoi tempi un poco de suspizione d'un moto di retardazione, simile a quello di pianeti. Perché non disse: per la circolazion del cielo? Perché non possea dire, come e quale ella potesse essere. Perché non disse: per la circolazion de la terra? Perché avea quasi come un principio supposto, che la terra è inmobile. Perché dunque lo disse? Forzato da la verità, la quale per gli effetti naturali si fa udire. Resta dunque, che sia dal sole e dal moto. Dal sole, dico, perché lui è quell'unico che diffonde e comunica la virtù vitale; dal moto ancora, perché, se non si movesse o lui agli altri corpi o gli altri corpi a lui, come potrebbe ricevere quel che non ha, o donar quel ch'ha? È dunque necessario, che sia il moto, e questo di tal sorte che non sia parziale, ma con quella raggione con cui causa la rinovazione di certe parti, venga ad apportarla a quell'altre, che, come sono di medesma condizione e natura, hanno la medesima potenza passiva, alla quale, se la natura non è ingiuriosa, deve corrispondere la potenza attiva. Ma con ciò troviamo molto minor raggione, per la quale il sole e tutta l'università de le stelle s'abbino a muovere circa questo globo, che esso per il contrario debba voltarsi a l'aspetto dell'universo facendo il circolo annuale circa il sole, e diversamente con certe regolate successioni per tutti i lati svolgersi ed inchinarsi a quello, come a vivo elemento del fuoco. Non è ragione alcuna, che, senza un certo fine ed occasione urgente, gli astri innumerabili, che son tanti mondi, anco maggiori che questo, abbino sì violenta relazione a questo unico. Non è raggione, che ne faccia dir più tosto trepidar il polo, nutar l'asse del mondo, cespitar gli cardini de l'universo, e sì innumerabili, più grandi e più magnifici globi, ch'esser possono, scuotersi, svoltarsi, ritorcersi, rappezzarsi, e, al dispetto de la natura, squartarsi in tanto, che la terra cossì malamente, come possono dimostrare i sottili optici e geometri, venghi ad ottener il mezzo, come quel corpo che solo è grave e freddo; il qual però non si può provar dissimile a qualsivoglia altro, che riluce nel firmamento, tanto nella sustanza e materia, quanto nel modo della situazione: perché, se questo corpo può esser vagheggiato da questo aria, nel quale è fisso, e quelli possono parimente esser vagheggiati da quello, che le circonda; se quelli da per se stessi, come da propria anima e natura possono, dividendo l'aria, circuire qualche mezzo, e questo niente meno.

SMI. Vi priego, questo punto al presente si presuppona, sì perché, quanto a me, tengo per cosa certissima, che più tosto la terra necessariamente si muova, che sii possibile quella intavolatura ed inchiodatura di lampe; sì anco, perché, quanto a quelli che non l'han capito, è più espediente dechiararlo come materia principale, che in altro proposito toccarlo per modo di digressione. Però, se volete compiacermi, venite presto a specificarme i moti, che convegnono a questo globo.

TEO. Molto volentieri; perché questa digressione ne arebbe fatto troppo differir di conchiudere quel che io volevo della necessità ed il fatto de tutte le parti de la terra, che successivamente devono participar tutti gli aspetti e relazioni del sole, facendosi soggetto di tutte complessioni ed abiti.

Or dunque, per questo fine è cosa conveniente e necessaria, che il moto de la terra sia tale, per quale con certa vicissitudine, dove è il mare, sia il continente, e per il contrario; dove è il caldo, sii il freddo, e per il contrario; dove è l'abitabile e più temprato, sia il meno abitabile e temprato, e per il

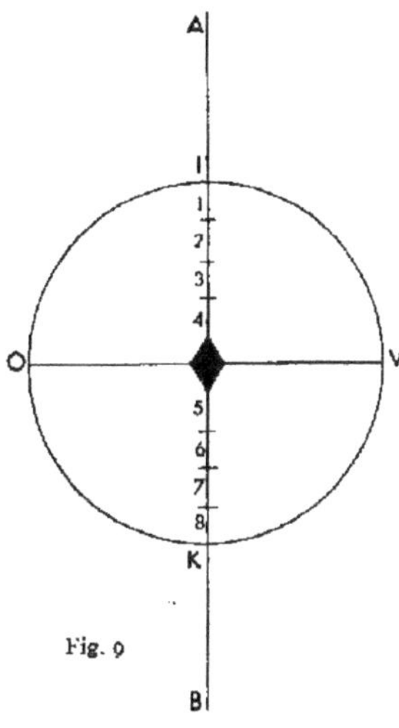

Fig. 9

contrario; in conclusione, ciascuna parte venghi ad aver ogni risguardo, c'hanno tutte l'altre parti al sole: a fin che ogni parte venghi a participar ogni vita, ogni generazione, ogni felicità. Prima, dunque, per la sua vita e delle cose che in quella si contengono, e dar come una respirazione ed inspirazione col diurno caldo e freddo, luce e tenebre, in spacio di vintiquattro ore equali la terra si muove circa il proprio centro, esponendo al suo possibile il dorso tutto al sole. Secondo, per la regenerazione delle cose, che nel suo dorso vivono e si dissolveno, con il centro suo circuisce il lucido corpo del sole in trecento sessantacinque giorni ed un quadrante in circa; ove da quattro punti della ecliptica fa la crida della generazione, dell'adolescenzia, della consistenzia e della declinazione di sue cose. Terzo, per la rinovazione di secoli participa un altro moto, per il quale quella relazione, c'ha questo emisfero superiore della terra a l'universo, venga ad ottener l'emisfero inferiore, e quello succeda a quella del superiore. Quarto, per la mutazione di volti e complessioni della terra, necessariamente gli conviene un altro moto, per il quale l'abitudine, ch'ha questo vertice de la terra verso il punto circa l'Artico, si cangia con l'abitudine, ch'ha quell'altro verso l'opposito punto de l'Antartico polo. Il primo moto si misura da un punto de l'equinoziale della terra; sin che torna o al medesmo, o circa il medesmo. Il secondo moto si misura da un punto imaginario de l'ecliptica (ch'è la via della terra circa il sole), sin che ritorna al medesmo, o circa quello. Il terzo moto si misura da la abitudine, ch'ha una linea emisferica della terra, che vale per l'orizonte, con le sue differenze a l'universo, sin che torni la medesima linea, o proporzionale a quella, alla medesma abitudine. Il quarto moto si misura per il progresso d'un punto polare de la terra, che, per il dritto di qualche meridiano passando per l'altro polo, si converta al medesmo, o circa il medesmo aspetto, dove era prima. E circa questo è da considerare, che, quantunque diciamo esser quattro moti, nulla di meno tutti concorreno in un moto composto. Considerate che di questi quattro moti il primo si prende da quel, che in un giorno naturale par che circa la terra ogni cosa si muova sopra i poli del mondo, come dicono. Il secondo si prende da quel che appare, ch'il sole in un anno circuisce il zodiaco tutto, facendo ogni giorno, secondo Tolomeo nella terza dizione de l'*Almagesto*, cinquanta nove minuti, 8 secondi, 17 terzi, 13 quarti, 12 quinti, 31 sesti; secondo Alfonso, cinquanta nove minuti, 8 secondi, 11 terzi, 37 quarti, 19 quinti, 13 sesti, 56 settimi; secondo Copernico, cinquanta nove minuti, 8 secondi, 11 terzi. Il terzo moto si prende da quel, che par che l'ottava sfera, secondo l'ordine de' segni, a l'incontro del moto diurno, sopra i poli del zodiaco si muove sì tardi, che in ducento anni non si muove più ch'un grado e 28 minuti; di modo che in quaranta nove milia anni vien a compir il circolo: il principio del qual moto attribuiscono ad una nona sfera. Il quarto moto si prende dalla trepidazione, accesso e recesso, che dicono far l'ottava sfera, sopra dui circoli equali, che fingono nella concavità della nona sfera, sopra i principii dell'Ariete e Libra del suo zodiaco; si prende da quel, che veggono esser necessario, che l'ecliptica dell'ottava sfera non sempre s'intenda intersecare l'equinoziale ne' medesmi punti, ma tal volta essere nel capo d'Ariete, talvolta oltre quello da l'una e l'altra parte dell'ecliptica; da quel, che veggono, le grandissime declinazioni del zodiaco non esser sempre medesme; onde necessariamente séguita, che gli equinozii e solstizii continuamente si variino, come effettualmente è stato da molto tempo visto. Considerate, che, quantunque diciamo quattro essere questi moti, nulla di meno da notar, che tutti concorreno in un composto. Secondo, che, benché le chiamiamo circulari, nullo però di quelli è veramente circulare. Terzo, che, benché molti si siino affaticati di trovar la vera regola de tai moti, l'han fatto, e quei che s'affaticaranno, lo faranno invano; perché nessuno di que' moti è a fatto regolare e capace di lima geometrica. Son dunque quattro, e non denno esser più né meno moti (voglio dir differenze di mutazion locale nella terra), de' quali l'uno irregolare necessariamente rende gli altri irregolari, i quali voglio che si discrivano nel moto di una palla che è gittata nell'aria.

Quella prima col centro si muove da *A* in *B* [fig. 9]. Secondo, intra tanto che con il centro si muove da alto a basso, o da basso in alto, si svolge circa il proprio centro, movendo il punto *I* al loco del punto *K* ed il punto *K* al loco del punto *I*. Terzo, tornando a poco a poco, ed avanzando di camino e velocità di giro, over perdendo e scemando (come accade alla palla che, montando in alto da quel che prima si moveva più velocemente, poi si muove più tardi ed il contrario fa ritornando al basso, e in mediocre proporzione nelle mezze distanze, per le quali ascende e descende) a quella abitudine che tiene questa metà della circonferenza, che è notata per 1, 2, 3, 4, promoverrà quell'altra metà la quale è 5, 6, 7, 8. Quarto, perché questa conversione non è retta, atteso che non è come d'una ruota, che corre con l'impeto d'un circolo, in cui consista il momento della gravità; ma si va obliquando, perché è di un globo, il quale facilmente può inchinarsi a tutte parti, però il punto *I* e *K* non sempre si converteno per la medesma rettitudine; onde è necessario, che o a lungo o a breve, o ad interrotto o a continuo andare si dovenghi a tanto, che si adempisca quel moto, per il quale il punto *O* si faccia dove è il punto *V*, e per il contrario. Di questi moti uno, che non sii regolato, è sufficiente a far che nessuno de gli altri sia regolato; uno ignoto fa tutti gli altri ignoti. Tuttavolta hanno un certo ordine, con il quale più e meno s'accostano ed allontanano dalla regolarità. Onde in queste differenze di moti il più regolato, che è più vicino al regolatissimo, è quello del centro. Appresso a questo è quello circa il centro per diametro, più veloce. Terzo è quello, che con la regolarità del secondo (quale consiste nell'avanzar di velocità e tardità) a mano a mano muta l'intiero aspetto dell'emisfero. L'ultimo, irregolatissimo ed incertissimo, è quello che cangia i lati; perché talvolta, in loco d'andar avanti, torna a dietro, e con grandissima inconstanzia viene al fine a cangiar la sedia d'un punto opposito con la sedia d'un altro. Similmente la terra: prima ha il moto del suo centro, che è annuale, più regolato che tutti, e più che gli altri simile a se stesso; secondo, men regolato, è il diurno; terzo, l'irregolato, chiamiamo l'emisferico; quarto, irregolatissimo, è il polare over colurale.

SMI. Questi moti vorrei sapere, con qual ordine e regola il Nolano ne farà comprendere.

PRU. *Ecquis erit modus? Novis usque semper indigebimus theoriis?*

TEO. Non dubitate, Prudenzio, perché del bon vecchio non vi si guastarà nulla. A voi, Smitho, mandarò quel dialogo del Nolano, che si chiama *Purgatorio de l'inferno*; e ivi vedrai il frutto della redenzione. Voi, Frulla, tenete secreti i nostri discorsi, e fate che non venghino a l'orecchie di quelli ch'abbiamo rimorduti, a fin che non s'adirino contra di noi e venghino e donarne nove occasioni, per farsi trattar peggio e ricever meglio castigo. Voi, maestro Prudenzio, fate la conclusione ed una epilogazione morale solamente del nostro tetralogo; perché l'occasione specolativa, tolta dalla cena de le ceneri, è già conclusa.

PRU. Io ti scongiuro, Nolano, per la speranza ch'hai nell'altissima ed infinita unità, che t'avviva ed adori; per gli eminenti numi, che ti protegeno e che onori; per il divino tuo genio, che ti defende e in cui ti fidi, che vogli guardarti di vile, ignobili, barbare e indegne conversazioni; a fin che non contrai per sorte tal rabbia e tanta ritrosia, che dovenghi forse come un satirico Momo tra gli dèi, e come un misantropo Timon tra gli uomini. Rimanti tra tanto appo l'illustrissimo e generosissimo animo del signor di Mauvissiero (sotto l'auspicii del quale cominci a publicar tanto sollenne filosofia), che forse verrà qualche sufficientissimo mezzo, per cui gli astri e' potentissimi superi ti guidaranno a termine tale, onde da lungi possi riguardar simil brutaglia. E voi altri, assai nobili personaggi, siete scongiurati per il scettro del fulgorante Giove, per la civiltà famosa di Priamidi, per la magnanimità del senato e popolo Quirino, e per il nettareo convito che sopra l'Etiopia bugliente fan gli Dei, che, se per sorte un'altra volta avviene che il Nolano, per farvi servizio o piacere o favore, venghi a pernottar in vostre case, facciate di modo, che da voi sii difeso da simili rancontri; e dovendo per l'oscuro cielo ritornar a la sua stanza, se non lo volete far accompagnar con cinquanta o cento torchi, i quali, ancor che debba marciar di mezo giorno, non gli mancaranno, se gli avverrà di morir in terra catolica romana, fatelo al meno accompagnar con un di quelli; o pur, se questo vi parrà troppo, improntategli una lanterna con un candelotto di sevo dentro; a fin ch'abbiamo faconda materia di parlar della sua buona venuta da vostre case, della qual non si è parlato ora.

Adiuro vos, o dottori Nundinio e Torquato, per il pasto de gli antropofagi, per la pila del cinico Anaxarco, per gli smisurati serpenti di Laocoonte e per la tremebonda piaga di san Rocco, che richiamate, se fusse nel profondo abisso, e dovesse essere nel giorno del giudizio, quel rustico ed incivile vostro pedagogo che vi dié creanza, e quell'altro archiasino ed ignorante che v'insegnò di disputare; a fin che vi risaldano le male spese e l'interesse del tempo e cervello, che v'han fatto perdere. *Adiuro vos*, barcaroli londrioti, che con gli vostri remi battete l'onde del Tamesi superbo, per l'onor d'Eveno e Tiberino, per quali son nomati dui famosi fiumi, e per la celebrata e spaciosa sepoltura di Palinuro, che per nostri danari ne guidate al porto. E voi altri, Trasoni salvatici e fieri mavorzii del popolo villano, siete scongiurati per le carezze che ferno le Strimonie ad Orfeo, per l'ultimo servizio che ferno i cavalli a Diomede ed al fratel di Semele e per la virtù del sassifico brocchier di Cefeo, che, quando vedete ed incontrate i forastieri e viandanti, se non volete astenervi da que' visi torvi ed erinnici, al meno l'astinenza da quegli urti vi sii raccomandata. Torno a scongiurarvi tutti insieme, altri per il scudo ed asta di Minerva, altri per la generosa prole del Troiano cavallo, altri per la veneranda barba d'Esculapio, altri per il tridente di Nettuno, altri per i baci che dierno le cavalle a Glauco, ch'un'altra volta con meglior dialogi ne facciate far notomia di fatti vostri, o almen tacere.

IL FINE DELLA CENA DELLE CENERI